Dévorés

Du même auteur

Chez d'autres éditeurs

« Le numéro 407 », dans *Des nouvelles de Gatineau !* 6 :*Escale à Gatineau*, nouvelles, collectif sous la direction de Jeanne Duhaime et Jacques Michaud, Gatineau, Vents d'Ouest, 2017, 232 pages

« Appétit d'ordinaire », dans *Faims, Cavale* numéro 5. *Cavale*, arts et littératures en mouvement, revue sous la direction de Charlotte Comtois et Roxanne Landry, Université de Sherbrooke, 2017, 48 pages

« Aigle du Nevada », dans *Des nouvelles de Gatineau !* 4 :*Gatineau haute en couleur*, nouvelles, collectif sous la direction de Jeanne Duhaime et Jacques Michaud, Gatineau, Vents d'Ouest, 2015, 216 pages

« Les murs n'ont pas que des oreilles », dans *Des nouvelles de Gatineau !* 3 : *Gatineau la nuit*, nouvelles, collectif sous la direction de Michèle Bourgon et Jeanne Duhaime, Gatineau, Vents d'Ouest, 2014, 188 pages

CHARLES-ÉTIENNE FERLAND

Dévorés

Roman

Collection 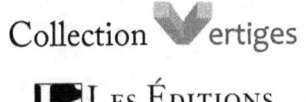ertiges

LES ÉDITIONS
L'INTERLIGNE

Catalogage avant publication de Bibliothèque et Archives Canada

Ferland, Charles-Étienne, auteur
    Dévorés : roman / Charles-Étienne Ferland.

(Collection Vertiges)
Publié aussi en format(s) imprimé(s) et électronique(s).
ISBN 978-2-89699-590-5 (couverture souple).--ISBN 978-2-89699-591-2
(PDF).--ISBN 978-2-89699-592-9 (EPUB)

    I. Titre. II. Collection: Collection Vertiges

PS8611.E747D48 2018   C843'.6   C2017-907056-8
                                                   C2017-907057-6

Les Éditions L'Interligne
435, rue Donald, bureau 117
Ottawa (Ontario) K1K 4X5
Tél. : 613 748-0850
communication@interligne.ca
interligne.ca

Distribution : Diffusion Prologue inc.

ISBN 978-2-89699-590-5
© Charles-Étienne FERLAND et LES ÉDITIONS L'INTERLIGNE
Dépôt légal : 1er trimestre de 2018
Bibliothèque nationale du Canada
Tous droits réservés pour tous pays

Pour l'attention particulière qu'ils ont portée à cette histoire tout au long de son évolution, pour leurs conseils d'ordre littéraire et scientifique, pour leur soutien et leurs corrections, je me dois de souligner la contribution de Carla Parodi, Sylvie Massicotte, Camille Girard-Bock, Nicolas Patterson, Charles-Étienne Chaplain-Corriveau, Marc-André Bonneau et de l'équipe des Éditions L'Interligne. Je tiens à leur exprimer ma sincère gratitude.

PARTIE I

1

PAS ENCORE LA FIN DU MONDE

Je n'ai pas peur de la route
Faudrait voir, faut qu'on y goûte
Des méandres au creux des reins
Et tout ira bien
Le vent l'emportera
Noir Désir, *Le vent nous portera*

L'ÉQUILIBRE EST UNE CONDITION ÉPHÉMÈRE. Les assiettes fêlées en témoignent, sur le sol noirci de café et tapissé d'éclats de verre. Victime d'un manteau récidiviste qui ne tenait pas sur une chaise, le serveur s'était pris les pieds. Les clients avaient maintenant cessé d'applaudir et, regagnant leurs deux œufs saucisses patates, ils oubliaient déjà l'incident.

— Jack, dépêche-toi de faire disparaître tout ça ! maugréa le gérant.

Ce dernier contourna le garçon, avec un regard noir au passage, pour présenter ses excuses à la tablée. Jack emportait les résidus maladroitement vers les cuisines sous quelques commentaires réprobateurs. Le reste de l'avant-midi se déroula sans aventures du même genre. Quoi qu'il puisse advenir, aujourd'hui allait être une bonne journée. Jack en avait décidé ainsi. À midi, il accrocha son tablier et ressortit des toilettes avec une cravate au cou. Ce n'était pas tous les jours qu'il en portait une.

— C'est une bonne idée ! prétendait une voix dans sa tête, tandis qu'il enfourchait sa bicyclette.

— C'est la définition même d'une mauvaise idée, renchérit une autre. Le Larousse et le Robert ont mis la date d'aujourd'hui à côté de « mauvaise idée » et on imprime une édition en couleurs avec ta photo pour l'occasion. Tu aurais intérêt à filer à l'université directement plutôt que d'aller *la* voir.

Jack était résolu de faire fi des injonctions de cette voix pessimiste. Il remontait Queen Mary. Rien n'allait se mettre en travers de ses ambitions. Pourquoi aujourd'hui ? Incapable d'expliquer d'où provenait l'inspiration. Peut-être d'un film ou d'un livre. Il tourna sur Côte-des-Neiges.

Une fois la bicyclette cadenassée, il prit le temps d'ajuster sa cravate. Il aurait pu attendre et la mettre après avoir pédalé, mais l'excitation brouillait la logique. Il inspira profondément et franchit le seuil de la librairie. Un regard derrière le comptoir et dans les allées : *elle* n'était pas là.

— Je peux vous aider ?

Jack répondit que non, qu'il ne faisait que regarder. Le commis plaisanta en ajoutant qu'il pouvait même lire les titres si ça lui plaisait. Il sifflait. Personnage jovial. Au bout d'un moment, Jack s'approcha et demanda si Hana travaillait encore à la librairie.

— Bien sûr ! Elle rentre à 13 h. Ça ne devrait pas être bien long. Vous êtes un ami ?

— On se connaît.

— L'ami a un nom ?

— Jack.

Le commis répéta le nom comme s'il fouillait dans sa mémoire. Son sourire authentique trahissait un soupçon d'hypocrisie.

— Elle voudra pas te voir.

— Je vous demande pardon !

— Si j'étais toi, je foutrais le camp.

— Ben voyons...

— Tu pensais accomplir quoi en te pointant ici ? Tu crois qu'elle m'a pas parlé de toi ? C'était une histoire d'une nuit dont tu ne t'es pas remis. Vous vous êtes revus quelques fois. Mais ça fait deux ans ! Et maintenant qu'elle ne répond pas à tes messages quand tu dis que t'as envie de la voir, tu penses que c'est une bonne idée de te pointer à son boulot ?

Jack demeura coi. Le plan ne se déroulait pas comme prévu. À cet instant, elle fit son apparition.

— Jack ? Qu'est-ce que tu fais là ? s'enquit-elle.

— Justement, il s'en allait, reprit le commis.

La tête basse, il se glissa hors du commerce. Que lui avait-il pris de céder à un épisode de nostalgie ? Quelle idée de chercher à reprendre contact !

Hana lui emboîta le pas pour le rattraper alors qu'il s'apprêtait à enfourcher sa bicyclette :

— Jack, attends !

Elle l'avait agrippé par les épaules :

— Arrête de te faire des attentes. Essaye de m'oublier. Ça n'a pas marché entre nous, mais c'est pas une raison pour broyer du noir en permanence. Tu as la vie devant toi. C'est pas la fin du monde.

Elle le serra dans se bras et le remua en souriant.

« Ça va aller », murmura-t-elle.

Et elle disparut dans la librairie.

∾

— Vous êtes-vous déjà demandé si l'espèce humaine allait un jour s'éteindre ? demanda le professeur. Je sais, ce n'est pas facile à imaginer. Je vous vois, certains assis avec vos ordinateurs portables, vos téléphones mobiles, d'autres avec ce café que vous avez ramassé à la sortie du métro. Nous avons ce luxe de vivre aisément dans un pays développé, dans un pays qui n'est pas en guerre. Un luxe qu'on tient parfois pour acquis. Regardez cent ans en arrière. Deux cents ans. La vie n'était pas la même. Les derniers siècles ont vu une panoplie de nouveaux gadgets se développer. Qui peut prédire ce que le futur nous réserve lorsqu'on entend parler de la dégradation des écosystèmes, de la perte de biodiversité et d'extinctions accélérées ? Aujourd'hui, penchons-nous sur un sujet en particulier : les civilisations disparues.

Le professeur avala une gorgée de café et observa un moment de silence en contemplant sa classe d'une soixantaine d'élèves. Il remonta ses lunettes sur son nez, plissa les yeux pour consulter le plan de cours et sursauta lorsque Jack entra, casque sous le bras, pour s'asseoir au fond de la salle.

— Vous êtes tous étudiants au baccalauréat en géographie, en histoire ou dans une discipline connexe, reprit-il. L'un d'entre vous peut sans doute me donner un exemple de civilisation disparue. Quelqu'un ?

— L'île de Pâques ?

— Ah ! Excellent exemple. Comme vous le savez peut-être, l'île de Pâques appartient au Chili malgré les trois mille six cent quatre-vingts kilomètres qui la séparent de la côte. On la connaît notamment pour ses *moaï*, ces gigantesques et mystérieuses statues de basalte. Dans le passé, elle a subi un déclin de sa population. Quelqu'un peut-il suggérer une hypothèse quant à ce qui s'est produit sur ladite île pour qu'elle soit victime de cette dégénérescence démographique ?

— On pourrait penser que les habitants ont manqué de ressources.

— C'est une bonne piste. Quelqu'un d'autre ?

— Si ces gens étaient restreints à un espace limité, on pourrait supposer que les habitants n'ont pas su planifier l'utilisation de leurs ressources efficacement en fonction de la croissance de leur population.

Des étudiants répondaient aux questions. Pour Jack, ce n'était que du bruit : celui du temps qui passe. « C'est pas la fin du monde », avait-elle dit. L'enseignant déposa un acétate sur le rétroprojecteur et expliqua les consignes de l'exercice affiché sur la toile blanche :

— Admettons que vous possédez une île qui dispose d'une quantité limitée de ressources. Elle compte mille habitants, et chaque couple a deux enfants ou plus. Cette île se situe si loin de la côte qu'elle n'a pas la possibilité d'aller chercher des ressources ailleurs. En petits groupes, vous allez formuler un court paragraphe sur les techniques que vous pourriez employer pour maximiser les chances de survie de votre population insulaire hypothétique. Nous discuterons de vos réponses dans quinze minutes.

Les étudiants échangèrent des regards pour former des équipes. On s'approcha de Jack.

— Qu'est-ce qui se passe ? T'as le blues ? lança Frank, suivi par Maddie et Chad.

Le trio constituait l'essentiel du tissu social entourant Jack. Frank et lui partageaient un appart. Maddie et Chad sortaient ensemble depuis deux ans. Le groupe se retrouvait périodiquement pour des soirées de jeux de société ou de films.

— Mal dormi, grogna Jack.

À vrai dire, il n'avait jamais parlé de sa rencontre au reste du groupe. Ni de celle d'aujourd'hui, ni de celle d'il y a deux ans, encore moins de celles entre les deux.

Les étudiants s'affairaient à l'exercice tandis que le professeur sirotait son café en baladant son pouce sur l'écran de sa tablette, jetant un coup d'œil intermittent sur la classe. Jack suivait distraitement le processus, acquiesçant machinalement.

— En conclusion, j'ai écrit qu'on peut stabiliser la croissance de la population par des législations comme limiter le nombre d'enfants par famille, récita Maddie en balayant de l'index sa feuille recouverte de notes. On devrait aussi prévoir les ressources disponibles d'une manière quantitative et estimer la consommation de l'ensemble de la population en fonction de la croissance démographique anticipée. En gros, on parle de développement durable et de politiques pour prévenir la surexploitation. La science peut fournir de l'information, mais c'est à la société de prendre ses décisions. Des questions ?

— L'assonance est volontaire ? plaisanta Chad.

Quelques minutes plus tard, la classe se livra à un bref débat sur les solutions que pourraient adopter les autorités de la population de l'île hypothétique. Davantage de bruit aux oreilles de Jack. Le professeur récupéra les textes de chaque groupe et souleva un dernier point avant de lever le cours :

— J'aimerais que vous commenciez à réfléchir au sujet de votre dernier travail. Imaginez que la Terre est une île. Ses ressources sont limitées et sa population n'a pas la possibilité d'aller en chercher ailleurs. Vous avez l'option d'argumenter que la planète Terre ressemble à l'île dont nous parlions et que la bonne gestion de nos avoirs est la clé de notre survie. Sinon, vous pouvez défendre la position que la Terre n'est pas comme l'île et que l'innovation technologique est la solution à l'expansion des limites planétaires. Pour un point de plus, vous pouvez écrire un court paragraphe sur la façon dont vous pensez que l'espèce humaine pourrait s'éteindre et pourquoi. Ou le contraire, évidemment. C'est à votre discrétion. Et, souvenez-vous, on étudie le passé pour éviter de répéter les mêmes erreurs !

— L'extinction de l'humanité ? Enfin, ce n'est pas sérieux ce cours. Qu'est-ce que tu veux qu'il se produise ? Eh ! Tu vas où comme ça ? lança Frank à Jack qui semblait pressé de s'éclipser.

— On est le premier vendredi d'avril, répondit Jack. Je vais chez mes parents. Ils commencent à organiser l'expédition annuelle. Chaque été, ils parcourent les Grands Lacs en voilier en partant de Lancaster et je les aide à préparer le matériel. J'aimerais bien les accompagner, mais je dois travailler. Au moins, je participe aux préparatifs, histoire de me convaincre que je profiterai du grand air par procuration...

— T'as vraiment pas l'air dans ton assiette. Il s'est passé quelque chose ?

— Je t'assure que non. Mais... tu voudrais pas apporter ma bicyclette à l'appart ? Je vais prendre le métro.

Jack salua le groupe et traversa une série de couloirs avant d'aboutir à l'extérieur. Il attrapa un train jusqu'à la station Bonaventure et sauta dans un bus en direction de la banlieue sud de Montréal.

Durant le trajet, il repassait dans sa tête la scène du restaurant, puis la librairie. Elle avait raison. Ce n'était pas la fin du monde. Et même si c'était le cas, ça ne changerait rien. Jack était un jeune homme ordinaire dans un monde ordinaire. Un passager morose parmi tant d'autres. Peut-être devait-il se concentrer sur l'obtention du diplôme, pour trouver un emploi plus payant et s'acheter une voiture. Peut-être qu'ainsi, il parviendrait à

passer à autre chose et souscrirait à l'aspiration universelle à être heureux.

Bientôt, il abordait les rues familières du voisinage
d'un secteur de Brossard aux maisons unifamiliales des
années soixante-dix. Il atteignit celle où il avait grandi, où
il habitait avant de déménager dans le quartier adjacent à
l'Université de Montréal.

— Y'a quelqu'un ? lança-t-il en retirant son sac à dos
et ses baskets.

— Jack, c'est toi ? cria sa sœur depuis sa chambre.

Il monta à l'étage et s'affala sur le lit de sa sœur qui
achevait une visioconférence. Les murs de la chambre
étaient tapissés d'affiches de groupes de musique popu-
laire et de cartes postales d'un peu partout dans le monde
que ses amis lui rapportaient de voyage. Jack ramassa
l'agenda sur le bureau :

— Comment ça va à l'école ? demanda-t-il.

— Ça va aussi bien que ça puisse aller quand tu es en
cinquième année du secondaire et que ton frère de 23 ans
finit sa session deux mois avant toi. Veux-tu poser mon
agenda ? Ce n'est pas de tes affaires.

Il sourit.

— Et avec ce gars que tu voyais, ça va ? ajouta-t-il en
détaillant une photo du Colisée de Rome sur la table de
chevet.

— On ne sort plus ensemble depuis le mois passé. T'es
pas au courant ? Je n'ai pas le temps de m'occuper d'un
gars étant donné le soccer, l'école et l'orchestre.

— Ah… Et les vieux ?

— Maman est en train de dresser l'inventaire au sous-
sol, papa est parti acheter…

Justement, la porte d'entrée venait de s'ouvrir :

— Jack ? appela le père. Peux-tu venir m'aider ? C'est lourd !

Le patriarche rentrait avec de nouvelles voiles pour le bateau, de la peinture et de la cire pour la coque en fibre de verre, ainsi que de nouveaux panneaux en acrylique qui se superposaient pour servir de porte.

— Les voiles commençaient à devenir vieilles, expliqua-t-il. Tu sais, l'usure habituelle à cause du soleil. Ici, comme tu peux voir, on a une nouvelle grand-voile, un foc et un génois !

Il exhiba fièrement ses nouvelles acquisitions une par une. Depuis qu'il avait pris sa retraite, il allouait tout son temps à effectuer des retouches sur le voilier afin qu'il soit le nec plus ultra.

— Tu dois avoir faim, poursuivit-il. Quelle heure est-il ? Ah ! je vois : 18 h ! Le barbecue est déjà sorti. Je te dis, avec le temps qu'il fait, on s'en donne à cœur joie.

Presque toute la maison était décorée d'une thématique maritime, et la cuisine n'y faisait pas exception. Il y avait l'horloge en roue de bateau, les assiettes peintes de différentes espèces de poissons, les aimants de frigo en forme de goéland, les coquillages encadrés et les lampes-phares.

Après le souper, la famille s'assit dans le séjour pour discuter des plans pour les mois à venir.

— Donc, on pensait partir en mai, mais vu la météo on a décidé de partir deux semaines plus tôt, annonça le père.

— Tout est arrangé avec l'école de ta sœur pour qu'elle reçoive tout le matériel d'étude dont elle a besoin, enchaîna la mère. Elle prendra un autocar depuis Kingston en juin le temps de passer ses examens et elle reviendra après. Le trajet dure trois heures et demie.

— Si vous saviez à quel point je suis jaloux…

— Pourquoi tu ne fais pas comme l'an passé ? demanda-t-elle. Prends une semaine de vacances en juillet, quand c'est tranquille au restaurant, et viens nous rejoindre !

— Oui, je pourrais…

Jack s'interrompit.

— Vous avez ressenti ça ? demanda-t-il.

— Ressenti quoi ? fit la sœur.

— La vibration ? Comme un petit tremblement de terre.

— Pas moi.

Les parents échangèrent un regard et haussèrent les épaules.

— C'était peut-être mon imagination, conclut Jack.

2

L'INVASION

Mais moi je n'ai vu qu'une planète désolante
Paysages lunaires et chaleur suffocante
Et tous mes amis mourir par la soif ou la faim
Comme tombent les mouches,
Jusqu'à ce qu'il n'y ait plus rien
Les Cowboys Fringants, *Plus rien*

On se souviendra d'un 21ᵉ siècle encore tout jeune où l'on pouvait dormir sur ses deux oreilles. Où sortir au restaurant ou aller au travail n'avait rien de bien extraordinaire. Tous ceux qui étaient nés avant l'infestation se souviendront et diront : autres temps, autres mœurs. Qui aurait pu deviner ce que présageait la récurrence des phénomènes sismiques ?

Difficile de croire qu'on appuyait sur l'interrupteur et que la lumière s'allumait. Qu'on ouvrait le robinet et que l'eau coulait. Avant, les gens prenaient l'autobus, le métro, la voiture comme s'il s'agissait du geste le plus anodin. Les rues étaient pleines de passants et de cyclistes et presque tout le monde possédait un portable pour parler à n'importe qui en tout temps. Écrire un message à quelqu'un, où qu'il soit, impliquait seulement quelques clics. On ne se demandait pas si on allait manger, mais ce qu'on allait manger. C'était une autre époque. Le bon vieux temps. Cette civilisation n'allait pas durer éternellement. Pas plus que l'île de Pâques.

L'infestation éclata au milieu du mois de juillet. Un été chaud et humide avait plongé Montréal dans la canicule. L'asphalte brûlant ondulait sous la chaleur. Les vêtements collaient à la peau. Les climatiseurs fonctionnaient à plein régime. Les ventilateurs vrombissaient. Ce matin-là, la métropole s'agitait comme jamais, à l'image d'une gigantesque fourmilière en détresse. Le monde se ruait et se bousculait dans les commerces pour en ressortir avec des provisions monstres. Assourdi par le concert tonitruant des voitures, Jack pédalait sur sa bicyclette, se frayant un chemin de peine et de misère jusqu'au restaurant.

Une fois sur place, Jack aperçut le gérant occupé à fermer à clé le restaurant. Il semblait pressé. Cigarette au bec, il mâchait des jurons incompréhensibles. Jack ne parvint qu'à saisir : « La livraison. Ils l'ont annulée, merde ! T'as pas entendu la nouvelle, Jack ? Rentre chez toi et lis les journaux ! On est fermé aujourd'hui. » Il n'eut pas le temps de le questionner, il était déjà loin. Jack cadenassa sa bicyclette et se rendit au café le plus proche.

Des arômes de cannelle et de viennoiseries flottaient dans l'air. Les murs étaient décorés d'aquarelles. À l'opposé des rues bondées de monde, l'endroit était étrangement vide. Le serveur débita quelques mots comme : « Oui, oui, c'est ouvert. » Jack passa devant le comptoir de pâtisseries et ramassa un journal sans rien commander. Le serveur indifférent passait un torchon sur les tables, comme s'il n'était pas le moindrement dérangé par l'agitation dans la rue. Jack s'assit près d'une fenêtre.

À la une, le quotidien présentait un dossier sur la situation de la sécurité alimentaire. On pouvait y lire : « L'Organisation des Nations unies pour l'alimentation et l'agriculture recommande de rationner les ressources. » Jack feuilleta les pages jusqu'à l'article en question. Les grands titres annonçaient : « Les chefs d'État du G20 convoquent un sommet d'urgence. On craint la pire crise alimentaire de l'Histoire. Tensions sociales dans nombre de pays et plusieurs déclarent déjà l'état d'urgence. » Enfin, son index trouva la source du chaos dans la rue :

Une activité constante et croissante de faibles ondes sismiques, classées de deuxième degré selon l'échelle de Mercalli, a été enregistrée au niveau planétaire depuis les derniers mois. L'origine, le foyer et l'épicentre demeurent difficiles à localiser. Un mécanisme causal n'est pas encore établi. On soulève l'hypothèse que l'évènement soit associé à l'arrivée, ce matin, d'une nouvelle espèce d'insectes ravageurs qui émerge des sols de tous les pays. « Aussi invraisemblable que cela puisse paraître, c'est comme si les insectes étaient tellement nombreux à surgir des sols que la Terre en tremblerait ! » explique l'entomologiste réputé Charles Wallace.

« La nuit dernière, je me suis entretenu avec des collègues à l'étranger. Les cultures agricoles du globe sont réduites à néant à une vitesse jamais observée auparavant chez aucun phytophage. Cette espèce-ci s'alimente de tout, semble-t-il, ce qui est atypique au sein de sa famille réputée pour se nourrir d'autres insectes. Jusqu'à maintenant, toute tentative de contrôler l'herbivore semble inefficace. Même l'emploi d'une plus forte concentration d'insecticides ne donne aucun résultat. L'insecte dévore les récoltes en un temps record. Une situation qui suscite de vives inquiétudes chez les agriculteurs. Il se pourrait que la production de nourriture sur la Terre soit temporairement suspendue pour la première fois de l'Histoire. »

Une photographie de l'insecte figurait sous l'article : une espèce de l'ordre des hyménoptères. Une guêpe de dix centimètres au corps élancé, ressemblant à la famille des Vespidae, à la robe bicolore noire et jaune, munie de deux paires d'ailes.

« Ce qui est particulier aussi, c'est qu'on ignore tout sur les autres stades de vie de l'insecte puisqu'on ne retrouve que les adultes. Encore plus étrange : une dissection préliminaire a

relevé la présence de structures respiratoires semblables à des poumons, tandis que tout insecte respire habituellement par un système de trachées subdivisées en trachéoles. C'est sans doute ce trait physique qui leur permet de répartir l'oxygène dans leur corps aussi efficacement, car les trachées d'un insecte de cette taille ne pourraient pas diffuser l'oxygène dans tous les tissus d'un tel organisme. »

Personne ne savait encore que seuls les mâles avaient émergé du sol. Les femelles allaient apparaître durant l'été, véritables béhémoths atteignant près d'un mètre de long, le double avec les ailes déployées, pesant jusqu'à quinze kilos et pourvus d'aiguillons capables de percer des vitres et des parebrises. Même durant la période géologique du Carbonifère, correspondant à la formation des houilles et des charbons minéraux, alors que l'oxygène était plus abondant dans l'atmosphère, aucun organisme de ce genre n'avait existé.

— Excusez-moi, vous êtes ouverts ? demanda une dame essoufflée, les yeux ronds comme si elle venait de découvrir une des mystérieuses cités d'or.

— J'arrive, j'arrive ! lança le serveur du fond de la pièce. Qu'est-ce que je vous sers ?

— Tout !

L'article spécifiait également qu'une piqûre de l'insecte devait immédiatement être examinée par un spécialiste. Le venin hautement alcalin de la glande liée à l'aiguillon pouvait produire un vaste éventail de symptômes : confusion, étourdissements, vomissements, perte de conscience pouvant mener à la mort dans certains cas. La piqûre était également susceptible de provoquer des chocs anaphylactiques chez des personnes même pas allergiques aux piqûres d'insectes, en plus de démangeaisons, de rougeurs et d'œdèmes douloureux. Les hôpitaux de plusieurs pays étaient déjà occupés à traiter les victimes. Jack s'étonna de la quantité de détails que l'article contenait. S'il était 10 h à Montréal, il était largement passé midi en Europe. La nouvelle circulait depuis plusieurs heures.

La dame quitta le café avec autant de sacs qu'elle pouvait en porter. Le serveur monta le volume du poste de télévision. Jack interrompit sa lecture. Sous une pluie de flashs, le premier ministre du Canada, en costume noir, s'adressait à la nation en conférence de presse. Il s'efforçait de conserver des traits neutres pour ne pas paraître anxieux. Des gouttes perlaient sur son front. « Des temps difficiles s'annoncent, déclara-t-il d'une voix grave. Mais soyez assurés que nos meilleurs scientifiques cherchent une solution à l'heure actuelle. Il y a un important problème d'insectes qui ravagent toutes les productions agricoles. Les équipes de dépistage de presque tous les pays confirment la présence de cette espèce nuisible. Pour l'heure, les experts ne sont pas en mesure de produire un pronostic quant à la durée de cette crise. Je tiens à encourager les citoyens et les citoyennes à faire preuve de compréhension face à la pénurie de denrées alimentaires et à consommer modérément jusqu'à nouvel ordre. Nous ferons tout ce qui est en notre pouvoir pour minimiser l'impact sur la population et sur l'économie nationale. Vous serez informés de l'instauration des centres municipaux pour la distribution des rations. Merci. *In these difficult times, I trust that we can all stick together...* »

Le serveur éteignit la télévision et se tourna vers Jack, l'unique client du café. « Les gens s'inquiètent tout le temps pour rien », dit-il en haussant les épaules. « Ils s'énervent aujourd'hui, mais dans quelques jours, quelques semaines, les scientifiques ou le gouvernement vont trouver une solution et tout va rentrer dans l'ordre. Tu vas voir, tout finit toujours par rentrer dans l'ordre. »

∾

Tout ne finit pas par rentrer dans l'ordre. Depuis l'invasion, rien ne ressemblait à ce qu'on pouvait qualifier d'ordonné.

Dans les dix jours qui suivirent le début de l'invasion, les insectes privèrent l'Homme de tout moyen de subsistance. Ils paralysèrent le secteur agroalimentaire, sans toucher aux herbes ou aux arbres incomestibles.

Les projets de culture en serre hermétique, et ceux dans les grottes souterraines, furent autant d'échecs. Inexplicablement, l'insecte parvenait à s'infiltrer et à saccager les jeunes pousses. Les tentatives de transmettre un virus aux voraces ravageurs des cultures ou de les empoisonner au moyen de cristaux parasporaux de bacilles furent vaines. L'utilisation de cultivars transgéniques fit chou blanc. L'insecte n'était pas appâté par les attractifs alimentaires synthétiques, ni par des phéromones artificielles développées en vitesse. Il n'existait aucun ennemi naturel apparent.

Dehors, des avions survolaient les champs, pulvérisant à profusion de l'insecticide sur les guêpes insatiables poursuivant leur carnage. Malgré la menace, plusieurs groupes environnementaux manifestaient dans les rues. Ils étaient furieux d'assister, impuissants, à la destruction des écosystèmes, cinquante ans après la publication de *Printemps silencieux* écrit par la biologiste Rachel Carson. Dans les régions nordiques, on construisait des serres isolées. On aménageait des semi-remorques hydroponiques chauffées et éclairées. Malgré les protocoles de quarantaine, les guêpes y apparaissaient dès que les conditions devenaient adéquates pour cultiver. Leur propagation défait toute logique.

Après la disparition de presque toute la nourriture, la plupart des populations animales d'élevage se mirent à décliner à l'instar de l'humanité. Nombreuses furent les familles qui partirent vers les côtes ou vers les régions riveraines. Les populations de poissons diminuaient au rythme extra-industriel de la surpêche. D'autres gens prirent la route du Nord ou des déserts. Plusieurs personnes et animaux moururent de faim.

Au cours d'une décade, des émeutes éclatèrent lorsque les supermarchés épuisèrent leurs stocks. Les hécatombes se multiplièrent. Le nombre de croisades égoïstes au nom de la faim grimpa en flèche. La situation donnait lieu à des luttes brutales et sanguinaires entre insurgés et forces armées. Tout cela pour les dernières conserves qui hantaient les étalages des magasins à grande surface.

Alors que la faim et la chaleur de l'été devenaient chaque jour un peu plus insupportables, que la Terre semblait tout indiquée pour devenir un désert stérile, la mutation se produisit. Une étrange cascade de transformations génétiques reprogrammant l'insecte. La guêpe adopta une nouvelle proie. Un seul et unique animal : l'Homo sapiens. Le jour de la mutation, la ville devint méconnaissable. De violentes secousses sismiques mirent à terre la moitié des bâtiments, des pylônes de lignes à haute tension et des arbres. Ce même jour, les guêpes femelles émergèrent du sous-sol. On aurait dit une version de l'insecte mâle aux dimensions décuplées. Des monstres capables de découper un homme en pièces. Tous ceux qui étaient à l'extérieur, en voiture, ou même un peu trop près d'une fenêtre au moment de l'émergence des femelles, furent condamnés. Ils se firent happer par les essaims si denses qu'on aurait dit qu'il s'agissait d'un seul et unique organisme, quelque Léviathan issu des Enfers. Les militaires déployés sur le terrain pour assurer un semblant d'ordre ouvrirent le feu. Les cibles étaient trop rapides, trop nombreuses. Les survivants se barricadèrent chez eux. D'autres se regroupèrent dans les souterrains du métro, un des rares endroits où les insectes anthropophages ne s'aventuraient pas depuis la mutation. Dès lors, l'être humain fut restreint à un mode de vie nocturne. Car dès que le soleil se levait, des nuées de guêpes affamées s'accaparaient les villes fantômes. Le jour leur appartenait. Et celui qui s'aventurait à l'extérieur lorsqu'il faisait clair était voué à un destin funeste, poignardé de dards comme César de dagues sur le Champ de Mars.

Peu à peu, les autorités se montrèrent plus discrètes jusqu'à ce que l'électricité, les médias, les services, les communications et l'économie devinssent des reliques d'avant la crise. Des vagues de maladies surgirent, exacerbées par les misérables conditions sanitaires quasi médiévales. Entre autres, la dysenterie et le choléra atteignirent bon nombre de survivants. Les fièvres et les infections affligèrent les enfants comme les adultes. Au début, on inhuma les défunts, puis on les brûla – ce qu'il restait d'eux après le festin des guêpes – par incinération massive durant la nuit. D'autres furent empilés dans des fosses communes jusqu'à ce qu'elles débordent et que les dépouilles gisent dans les rues. On ne se donna même plus la peine de s'approcher ensuite. On rompit le contrat social. Devant l'échec de la loi martiale, on renonça aux règles de société, désormais révolues, pour s'en remettre à une nouvelle loi : chacun pour soi. La loi de la jungle. Dans la ville, des bandes d'assassins, de pillards et de brigands se formèrent, prêtes à tout pour mettre la main sur des armes, de la nourriture, de l'essence ou des médicaments en terrorisant les camps de survivants. En voyant s'éroder les fondations de la civilisation, force était de constater qu'avec le ventre vide, l'homme retrouvait un instinct de survie des plus égoïstes.

Dans la métropole anarchique qui comptait désormais moins de dix mille âmes, Jack et Frank partageaient leur appartement avec Chad et Maddie. Il valait mieux se tenir à plusieurs. C'était plus sûr ainsi. Le groupuscule partageait un point commun. Aucun d'entre eux n'avait réussi à rejoindre les siens. La famille de Maddie demeurait en Europe. Les trajets transatlantiques, aériens comme maritimes – s'il y en avait encore –, étaient supposément réservés aux ambassadeurs, aux émissaires ou aux gens plus fortunés. Chad avait perdu ses proches dans les épidémies. Les centres de soins avaient été pris d'assaut et, sans antibiotiques, leurs chances de survie avaient chuté. La dernière fois que Jack avait eu des nouvelles de son père, de sa mère et de sa sœur, ils étaient en voilier sur les Grands Lacs. La famille avait mis le cap sur Main Duck Island, une petite île isolée et inhabitée baignant dans le lac Ontario, qui servait de colonie de pêche au début du 19ᵉ siècle. Des rumeurs circulaient à propos de havres épargnés par les insectes. « Pourvu que Main Duck n'ait pas été touchée. » Privé de moyen de communication, Jack n'en aurait le cœur net que s'il parvenait un jour à y poser le pied. Quant à Frank, même avant les évènements, il n'avait jamais été des plus volubiles au sujet de ses proches.

Au mois d'août, la civilisation d'avant l'infestation aurait aussi bien pu être un mythe, l'histoire d'un éden idyllique que l'on racontait aux enfants d'après les réminiscences des survivants. On entendait même parler d'une secte vénérant les guêpes. Des croyants extrémistes citaient les textes anciens, convaincus qu'il s'agissait d'une réédition augmentée de la huitième plaie d'Égypte. Un fléau divin prophétisé. L'apocalypse. La fin.

« C'était écrit ! » répétaient-ils. « Comme des millénaires plus tôt, les *insectes* couvrirent la surface de toute la terre et la terre fut dans l'obscurité. Ils dévorèrent toutes les plantes de la terre et tous les fruits des arbres, et il ne resta aucune verdure aux arbres ni aux plantes des champs. » (Ex 10,15)

3

LE MYTHE DU HAVRE

I'm waking up to ash and dust
I wipe my brow and I sweat my rust
[…] This is it, the apocalypse
Imagine Dragons, *Radioactive*

CHAQUE APRÈS-MIDI, JACK SE RÉVEILLAIT en espérant encore que les derniers mois n'avaient été qu'un mauvais rêve. Il savait très bien qu'il se trompait en entendant le bourdonnement des guêpes agglutinées derrière les planches de bois clouées aux fenêtres, désireuses de déguster leurs humains en conserve. Il le savait en respirant la puanteur fétide de la chair putréfiée dans les rues. C'était les corps de ceux qui n'avaient pas pu se réfugier et que les insectes avaient déchiquetés. Alors, il restait allongé. L'habitude avait pris le dessus sur la peur. Il fermait les yeux pour essayer d'oublier. Mais ce genre d'atrocité ne s'oubliait pas.

Après quelques minutes, Jack se leva. Il enfila une paire de jeans et une chemise à manches longues qu'il retroussa jusqu'aux coudes. Il contourna le canapé de Frank encore endormi pour se rendre dans la salle de bain où il fit sa toilette avec un seau d'eau de pluie à température ambiante. Dans le reflet du miroir, il vit que son visage avait maigri. Ses joues se perdaient dans une barbe qu'il oubliait de raser depuis des semaines. Devant ses yeux verts endormis, coulaient ses longs cheveux bruns. Il se disait toujours qu'il allait les couper le lendemain, mais il ne le faisait jamais.

Sa toilette terminée, il se rendit dans la chambre qui servait d'entrepôt et dont les murs étaient couverts de tablettes. Sous une mince couche de poussière, des aliments en conserve, des barres tendres, des pâtes sèches, du riz, du beurre d'arachides, du jus et des légumineuses déshydratées étaient entassés. On avait empilé des fagots de bois dans un coin. Il sélectionna sa ration d'une conserve et l'apporta à table où il l'ouvrit à la lueur d'une chandelle. C'était la décision du groupe : une conserve par jour. Pas plus. Le mois de septembre tirait à sa fin. Déjà, on redoutait l'hiver.

Le soleil se coucherait bientôt sur la ville glauque, éteinte depuis près de deux mois. Et les insectes disparaîtraient.

Quelques rayons de lumière crépusculaire s'infiltraient par les interstices des planches, réfléchissant sur les particules de poussière en suspension. La table donnait sur le salon au fond duquel une table basse séparait le lit de Jack et le canapé de Frank. Il y traînait des paquets de biscuits entamés parmi des tas de couvertures enchevêtrées et de vêtements épars. Puisque Jack et Frank partageaient la pièce principale, Maddie et Chad occupaient la chambre adjacente à l'entrepôt. Le couple avait ainsi un peu d'intimité.

Maddie et Chad sortirent de la chambre. Ils allumèrent deux chandelles de plus. Juste assez pour discerner le teint pâle de Maddie, ses yeux bleus cernés et ses cheveux auburn attachés, les cheveux courts noirs de Chad, son visage imberbe et ses yeux bruns. Leurs ombres projetées sur le mur étaient tout aussi émaciées que celle de Jack. Chad alluma le réchaud de camping et prépara du café, un rare luxe. Maddie revêtit une veste et s'en alla vérifier les cages sur le toit. Elle avait disposé des pièges qui se refermaient sur l'animal appâté par des restes. Parfois, il n'y avait rien. D'autres fois, elle revenait avec un écureuil, le genre de petit animal opportuniste à avoir plutôt bien survécu à la catastrophe en milieu urbain. Bouilli, c'était une expérience gastronomique hors du commun.

Une main s'étira de dessous la montagne de couvertures du canapé de Frank pour rejoindre un paquet de biscuits sur la table de chevet :

— Vide… grogna-t-il en lançant le paquet de miettes contre le mur.

Frank bâilla exagérément dans un étirement théâtral pour bien laisser savoir qu'il était réveillé. Il rampa hors des couvertures avec son chandail à capuche, trop grand pour lui, qui dissimulait son épaisse chevelure bouclée.

— Mezzo cappuccino avec crème fouettée, un soupçon de cannelle et de chocolat ! s'exclama-t-il, feignant l'excitation en s'écrasant à table devant sa tasse de café noir. Où sont les paninis ?

Ses plaisanteries ne suscitaient déjà plus aucune réaction dès la deuxième semaine de cohabitation. Personne n'était d'humeur à rigoler. Maddie rentra bredouille de sa tournée des cages. Lorsque la cuillère de Jack racla le fond de la boîte de conserve, il migra vers la table de travail un peu plus loin avec son journal. Il aurait pu rester à table et discuter, mais deux mois s'étaient écoulés depuis le début de l'évènement fatidique et le groupe avait fait le tour des sujets de conversation qui leur étaient passés par la tête. Parfois, il leur arrivait de jouer aux cartes ou à des jeux de société. Souvent, ils lisaient les livres trouvés en creusant parmi les décombres de la ville. Les librairies étaient des coffres recelant des trésors qui demandaient qu'on les découvre.

Jack avait entrepris de tenir un journal quotidien. Il conservait des traces des évènements qui se produisaient chaque semaine. Cela le tenait occupé.

— Je ne peux toujours pas croire que tu fais ça, lança Frank entre deux gorgées de café.

— Quoi ? Le journal ?

— Appelle ça un journal de bord ou un journal intime, Jack, ce n'est pas comme si quelqu'un allait le lire un jour. Aux dernières nouvelles, plus de la moitié de la population de la Terre a disparu. Les gens sont tous morts de faim, de maladie ou à cause de ces foutues bestioles. Mais bon, ce n'est pas moi qui vais t'empêcher de pelleter des nuages si ça te chante, hein !

Jack avait bien une raison de tenir un journal, il n'en avait pas parlé aux autres. Pas même à Frank. À vrai dire, peut-être que lui-même ne la comprenait pas tout à fait. Les autres avaient fini par accepter que le journal soit devenu son rituel, qu'il s'agissait de sa façon de gérer l'omniprésence de la mort. Après tout, chacun avait sa méthode. Survivre physiquement est une chose. Garder toute sa tête en était une autre. En l'occurrence, Chad parlait régulièrement à des membres de sa famille pourtant emportés par les épidémies. Maddie passait des heures à regarder des photos de son enfance. En son for intérieur, Jack se disait qu'un jour, si quelqu'un trouvait ce journal, on saurait qu'il avait existé.

— Il fait noir dehors, observa Maddie, ce qui fit sursauter Jack, perdu dans ses pensées. Allez chercher vos sacs ! On va voir si on peut trouver quelque chose à manger.

Autrefois, les rues du quartier Côte-des-Neiges étaient remplies d'étudiants. Des enfants jouaient dans les cours d'école. Des hommes et des femmes marchaient sur les trottoirs jusqu'au métro, à l'arrêt d'autobus ou au boulot. Ces jours-ci, les rues dévastées étaient vides et le seul travail se limitait à ne pas mourir de faim. La tâche consistait à trouver le plus de nourriture possible. Mince salaire :

tout ce qui restait avait été oublié par des gens qui avaient fui la ville sans tout emporter. Il devait s'agir d'individus morts après la mutation ou tués par des mercenaires et dont les réserves n'avaient pas encore été dilapidées.

Le jour, les insectes occupaient l'extérieur, la zone interdite, volant en tourbillons désordonnés. Ils se heurtaient aux immeubles et aux voitures tellement ils étaient nombreux. Le bruit ressemblait vaguement au vacarme des voitures de course. Et que dire des mouches ! Les rues pleines de restes humains en décrépitude étaient des incubateurs où pullulait une pléthore d'asticots nécrophages. Le soir venu, un silence lourd et immobile s'abattait sur la ville. Jack ignorait où les insectes se réfugiaient. Ils semblaient tout simplement s'envoler et disparaître jusqu'au lendemain matin, toujours irrémédiablement fidèles au rendez-vous du disque solaire.

Vu de l'extérieur, l'appartement paraissait bien anodin. Édifice en briques rouges éclairé par la lune, aux fenêtres soit défoncées, soit placardées. Il ne conservait que quelques lézardes dans les murs en souvenir des séismes. Heureusement, la fondation tenait le coup. On ne pouvait pas en dire autant de tous les logements du quartier.

Depuis le cinquième et dernier étage, on pouvait voir n'importe qui approcher. Toutefois, l'appartement n'avait jamais été pris d'assaut par les gangs. On racontait qu'ils se tenaient plutôt près de l'eau, proche des hangars mal famés du Vieux-Port de Montréal. Les gens pêchaient. Si la nouvelle espèce avait dévoré les cultures et les hommes, elle avait, en revanche, été plus clémente envers les écosystèmes aquatiques. La surpêche ayant été freinée par la mutation et le nombre décroissant d'êtres humains, il était de nouveau possible de se procurer du poisson. Or, il fallait défendre chèrement sa peau pour entretenir son privilège de pêche. De toute manière, le groupe n'était pas équipé pour rivaliser avec ceux qui s'appropriaient le rivage. Les deux fois où ils avaient essayé de se procurer une arme à feu, on leur avait refilé des détritus impraticables. Encore fallait-il trouver de quoi remplir le chargeur, et c'était loin d'être une tâche facile.

L'automne hâtif avait dépouillé les arbres. Les feuilles avaient recouvert les cadavres et les déchets qui subsistaient sur l'asphalte. Les feuilles humides ne croustillaient pas sous les pieds. Il avait plu récemment. Cela ne dérangeait pas les guêpes. Qu'il pleuve ou qu'il vente, elles volaient avec l'acharnement quotidien de Sisyphe. Indifférentes. Des voitures aux vitres défoncées étaient stationnées de travers. Quelques-unes étaient même incendiées ou écrasées par des arbres. Des planches de bois recouvraient les fenêtres des édifices. Des ordures, des téléviseurs et des caddies pêle-mêle. Il ne restait que des parcelles de pelouse laissées à l'abandon, que des herbes hautes poussant dans tous les sens. La nature se réappropriait tranquillement le territoire.

Le petit groupe connaissait bien le modus opérandi de leur routine nocturne. Jack et Frank prenaient les maisons situées d'un côté de la rue tandis que Maddie et Chad s'occupaient de l'autre côté. Chacun possédait deux lampes de poche qu'il allumait le moins souvent possible, pour éviter d'être vu et pour ne pas trop épuiser les batteries. Ils n'étaient pas les seuls à se livrer à l'exercice. D'autres cherchaient la même chose. Et puisque chacun luttait pour sa survie, il valait mieux être aux aguets et garder ses distances avec les survivants inconnus.

— Tu sais ce que je mangerais aujourd'hui ? chuchota Frank en tournant une poignée de porte.

La porte verrouillée refusait de s'ouvrir.

— Quoi encore ? répondit Jack en cognant deux coups.

Frank ramassa un bâton dans la rue tandis que Jack arrachait une planche de bois clouée devant la portion en verre de la porte. Protocole habituel.

— Une bonne grosse poutine bien grasse avec tout plein de fromage pour faire passer le cappuccino, grogna-t-il en défonçant le carreau.

— Pfft... qui sait ? Peut-être que c'est ton jour de chance.

Frank passa son bras par la fenêtre éclatée pour déverrouiller la porte. L'endroit était silencieux. On n'entendait que l'aboiement plaintif lointain d'un chien errant. Il arrivait à Jack et Frank de tomber sur des maisons habitées de temps en temps. C'était plutôt rare. Dans ces cas-là, ils évitaient les confrontations. Les ennuis étaient assez nombreux, nul besoin d'en ajouter. Sur une carte, Jack annotait les rues parcourues. Une légende de traits, de cercles et de croix indiquait les lieux fouillés, habités ou démolis.

La demeure en brique, partiellement envahie par les vignes grimpantes, devait dater des années vingt avec son toit en tôle et ses deux lucarnes à l'étage. Ce n'était pas qu'une maison, c'était un manoir impressionnant. Une rallonge plus moderne avait été construite. L'intérieur luxueux avait été aménagé avec des meubles en bois. Un poêle d'époque en fonte vis-à-vis des divans en cuir marron donnait au séjour une atmosphère à la fois chic et confortable de chalet rustique. Sur une poutre du mur droit, on pouvait voir des lignes datées indiquant la taille d'un enfant au fil des ans. *Quel espoir pour un gamin de grandir dans un monde comme celui-ci ?* songea Jack.

— Viens voir ce qu'il y a dans le garde-manger ! On n'a rien trouvé de pareil ce mois-ci ! l'appela Frank débordant d'enthousiasme depuis la cuisine.

— Quoi ? répondit Jack qui était monté vérifier les chambres au deuxième étage. J'arrive.

— Des ananas en boîte, des clémentines, des haricots rouges ! dit-il en tendant à Jack sa dernière trouvaille. Et même une bouteille de porto, oh ! Viens là, ma belle. Je n'en crois pas mes yeux. Attends, ce n'est pas tout, il y a l'équivalent d'un mois de nourriture au fond. C'est parfait ! De quoi vivre comme des rois ! Un peu plus et ce serait le Château Frontenac ! C'est le jackpot ! La comprends-tu ? Le jack…

— Viens voir à l'étage. Tu vas comprendre.

Trois pièces se trouvaient en haut. La première était une chambre d'enfant bleu pastel. Des jouets reposaient sur le plancher et des dessins au crayon de cire décoraient les murs. Quelques poupées et des albums illustrés avaient été abandonnés sur le lit. Sur la commode, un bocal contenait les restes d'un poisson rouge. La seconde chambre appartenait aux parents, avec ses murs couleur crème, un grand lit, une armoire et une télévision à écran plat. Des vêtements propres étaient rangés dans les tiroirs. Or souvent, on trouvait dans les maisons des valises à moitié prêtes et des tiroirs presque vides. Pas dans celle-ci. Dans la troisième chambre, on entendait des mouches voler. Frank poussa la porte et s'enfouit aussitôt le nez dans le creux de son avant-bras. La lame blanche d'un long couteau de cuisine réfléchit le faisceau de sa lampe de poche. Derrière, deux corps immobiles dans la pénombre, un grand et un petit, gisaient dans une mare de sang coagulé. Un autre pendait au bout d'une corde.

Jack s'avança en dirigeant le faisceau lumineux de sa lampe de poche vers le corps suspendu. Sous le regard interrogateur de Frank, il glissa sa main dans la poche du pantalon du pendu et en sortit un portefeuille.

— Tu voudrais pas laisser Sa Majesté des mouches reposer en paix ? lança Frank.

Dedans, Jack découvrit un permis de conduire, des cartes (de visite, de débit, de crédit, d'hôpital), deux ou trois tickets de métro, des factures et quelques billets de papier-monnaie. Aujourd'hui, ces papiers ne voulaient plus rien dire.

— C'est curieux, avoua Frank. Moi aussi je garde mon portefeuille, mon portable et mes clés dans mes poches, comme avant... C'est comme un réflexe. Une vieille habitude. Je sais bien que c'est inutile.

— Penses-tu à la même chose que moi ? Cette maison est parfaite ! s'émerveilla Jack.

— Vraiment ? On entre dans une pièce devant... ça. Et toi, tu dis que cette maison est parfaite ?

— On ne sait pas combien de temps tout ça va durer... Avec le poêle à bois, cet endroit pourrait être idéal pour passer l'hiver. Et si on s'installe ici, ça nous évitera de déplacer toute la nourriture qu'on vient d'y trouver. On pourrait rester ici un moment.

— On risque pas de se faire repérer à cause de la fumée si on se sert du poêle ?

— C'est une possibilité, reconnut Jack. Mais sans ça, crever de froid est une certitude...

— Non. Écoute-moi, c'est sérieux. On allume un feu et c'en est fini, on va venir nous prendre tout ce qu'on a. Pas question de déménager ici.

Ils sortirent de la villa. Jack griffonna un X sur sa carte. Ils enjambèrent des troncs d'arbres, faisant attention où ils posaient le pied, et entrèrent dans la maison suivante. Lorsqu'un duo avait examiné de fond en comble les demeures de son côté, il attendait l'autre tandem à l'intersection des prochaines rues pour effectuer un bref inventaire.

— Vous avez trouvé quelque chose ? demanda Chad.

— Un peu de bouffe, répondit Jack. Et vous ?

— Deux caisses de douze conserves de sirop d'érable. Je doute qu'on en ait besoin d'autant. On pourrait en échanger dans le métro.

— Il nous reste une place à vérifier. Et si Frank et moi vous attendions en gardant les sacs ? proposa Maddie.

Chad et Jack s'approchèrent de l'entrée. La moitié du bâtiment s'était écroulée pendant les tremblements de terre. Ce qui en restait tenait debout dans un équilibre douteux. Aussitôt qu'ils eurent passé le seuil, le cadre s'effondra. Chad poussa un hurlement :

— Ma jambe !

— Tais-toi ! répéta Jack à voix basse en pointant du doigt la pièce adjacente à l'entrée.

Au lustre du salon pendait une énorme guêpe immobile. Presque immobile. Son abdomen se contractait régulièrement au rythme de sa respiration.

— Merde ! pesta Chad.

— Concentrons-nous pour te sortir de là.

Tandis qu'ils essayaient de déloger la jambe de Chad, l'insecte commençait à se réveiller. Il étirait ses ailes et toilettait ses antennes. Puis, il tourna la tête vers les deux garçons en activant ses mandibules. Jack s'empara d'un bâton de hockey. Chad, lui, redoublait d'efforts pour se libérer des débris qui le retenaient. Au moins, la jambe n'était pas cassée.

La guêpe s'élança sur Jack, le projetant par terre. Elle le tenait cloué au sol. Ses griffes tarsiennes lui déchiraient les vêtements. Seul le bâton s'imposait entre les mâchoires tranchantes de l'hexapode et le visage de Jack. L'abdomen se rétracta, le dard bien haut, et l'insecte tenta une piqûre venimeuse. L'aiguillon se planta dans les planches de bois du plancher entre les jambes de Jack. Une brique heurta l'insecte au moment où il broyait le bâton de hockey, le scindant en deux. Une seconde brique le dérangea. Chad avait pu distraire la bête afin que Jack lui envoie un coup de demi-bâton dans le thorax.

L'insecte était coincé dans le plancher. Il n'arrivait pas à retirer son dard du bois. Jack aida Chad à se relever, avec sa jambe nouvellement libre.

— Laisse-moi ! Va l'achever !

Jack se prépara à enchaîner les coups, mais son demibout de bois heurta le plancher où la guêpe avait laissé son aiguillon et une traînée de liquide visqueux. L'insecte revint à la charge, mais Chad lui jeta une chaise de cuisine. L'arthropode tentait de naviguer entre tout ce que les garçons lui lançaient. Il fonça sur Jack, l'attrapa entre ses griffes et s'envola en direction du cinéma maison. Jack tendit le bras pour atteindre une enceinte acoustique, qu'il balança sur le monstre qui, alors, atterrit dans le piano à queue en un accord dissonant. Aussitôt, Chad se rua sur le couvercle de l'instrument, écrasant la guêpe contre la table d'harmonie. Ils respiraient bruyamment.

— Ça va là-dedans ? cria Maddie.

— On ne peut mieux ! lança Chad. Je me demande pourquoi elle était coincée dans cette maison.

Jack se releva, haussa les épaules et s'approcha du clavier. Il posa ses doigts sur les touches.

— Je pense qu'il va falloir le faire accorder, déclara-t-il.

Une fois l'épisode de l'insecte géant terminé et le lieu exploré, le groupe se mit en route vers la station de la Côte-des-Neiges. À la fin de juillet, une coupure électrique définitive avait plongé la ville dans des conditions de vie archaïques. Réverbères sans lumière, désuets. Réfrigérateurs tempérés et obsolètes. Wagons de métro immobiles. À vrai dire, le métro avait évolué et s'était découvert une nouvelle utilité. Il s'était recyclé en un lieu de commerce, où le troc dictait les échanges. Une véritable économie souterraine dans tous les sens du terme. Et puisque les guêpes ne descendaient pas sous terre depuis l'émergence des femelles, des gens s'y étaient établis pour survivre. Les tunnels praticables – ceux qui ne s'étaient pas effondrés – étaient devenus le système de transport par excellence pour se déplacer dans la ville durant le jour. Il n'était pas rare d'y croiser des gens à bicyclette transportant des sacs de matériel destiné aux échanges, bravant la noirceur des souterrains éclairés de lampes frontales. On aurait dit des navires chargés, illuminés d'un fanal à la proue.

Hormis quelques despotes officieux dans le Vieux-Port, il n'y avait plus de forme de gouvernement. Enfin, peut-être. On n'en entendait jamais parler. Il n'y avait pas non plus d'officiers pour appliquer la loi. Quelle loi ? Le concept n'existait plus. Par conséquent, pour protéger la communauté du métro, des hommes et des femmes – anciens militaires, anciens policiers et civils – s'étaient portés volontaires pour se relayer à l'entrée et monter la garde contre les groupes de pillards qui convoitaient leurs réserves. Effort de solidarité sociale ou simple intérêt commun ? Les opinions différaient.

À l'arrivée du groupe à la station de métro, un des gardes l'éclaira avec sa lampe à l'huile. Vêtu d'un uniforme noir, d'un gilet pare-balles et d'un casque antiémeute à visière, il portait un fusil d'assaut à l'épaule. Adossé contre un des pianos publics, l'autre garde observait la scène.

— Qui êtes-vous ? Qu'est-ce que vous venez faire ici ? Avez-vous des armes ? demanda-t-il nerveusement en posant une main sur le pistolet rangé à sa ceinture.

— Je m'appelle... commença Maddie avant d'être interrompue.

— Ce sont des habitués. Tu peux les laisser passer, lança une garde qui les connaissait bien à son coéquipier. Je sais que c'est ta première nuit. Ne sois pas si stressé tout le temps. Aux aguets oui, mais détends-toi un peu !

Les gardes cédèrent le passage.

— Allez-y, je vous attends ici, déclara Frank.

— Tu ne veux pas réessayer aujourd'hui ? demanda Jack.

— Je galère déjà à rester cloîtré dans l'appart sans fenêtre. Descendre sous terre ? Je passe mon tour.

Frank fit signe aux autres de le laisser seul. Le groupe s'engagea dans les caveaux de la métropole, dépassant les kiosques à journaux et descendant les escaliers au détour de trois sculptures pyramidales de bronze et d'aluminium réfléchissant la lumière des chandelles. Faute de ventilation, une forte odeur viciée d'humidité et de moisissure se dégageait de la station. Malgré les petites flammes éparpillées un peu partout, il fallait davantage se fier à sa mémoire qu'à ses yeux pour se diriger dans les ténèbres de ce labyrinthe souterrain. Des voix lointaines y résonnaient, qui devenaient plus distinctes à mesure que l'on amorçait la descente dans ce donjon.

La station abritait une centaine de survivants. Parmi ceux qui avaient décidé d'élire domicile dans les profondeurs de Montréal, on retrouvait des parents avec de jeunes enfants, des aînés, et des gens qui préféraient prendre part aux expéditions de groupe et sortir durant la nuit. Le lieu était certes le plus sûr, mais quelle vie d'être constamment sous terre à la noirceur ! On y trouvait également de rares chasseurs et des pêcheurs qui entraient et sortaient, troquant du petit gibier et du poisson.

On pouvait s'y procurer à peu près tout, à condition de payer le juste prix. Le site, un bazar de tables, de chaises, de bougies et de lampes, était le lieu par excellence pour échanger des objets ou des services. Bien sûr, la nourriture demeurait la ressource la plus convoitée. Les trousses de premiers soins, le carburant, les vêtements chauds et les armes à feu se troquaient bien, comme les drogues et les services d'escorte. Lorsque le groupe atteignit ce site propice aux échanges, Jack et Maddie partirent de leur côté.

— On se rejoint à la sortie dans trente minutes ! décréta Maddie. Il faut que j'aille voir Nina.

Chad se dirigea vers un des étals de ce site d'échanges dans l'espoir de troquer les caisses de sirop contre quelques briquets, chandelles ou batteries.

Nina avait huit ans. Maddie la gardait de temps en temps avant la crise. Jose et Lauren, ses parents, habitaient dans le métro pour échapper aux insectes. Tous deux semblaient constamment épuisés. Et pour cause : ils se joignaient régulièrement aux expéditions.

Jack et Maddie arrivèrent au camp de la famille de Nina et déposèrent leurs effets sur des caissons de plastique. Au milieu d'autres campements familiaux, leur site se résumait à une tente, des matelas, des chaises, des boîtes et des sacs pleins de toutes sortes de choses. Absorbée dans une lecture de bande dessinée, Nina n'avait pas entendu Jack et Maddie approcher.

— Comment ça va, cette semaine ? demanda Maddie.

— Bof, répondit Nina sans lever la tête de son album. Comme d'habitude. Mes parents refusent de me laisser les accompagner lorsqu'ils sortent. Je suis capable de chercher de la nourriture comme eux ! Tu pourrais leur parler ?

— Je n'ai pas de pouvoir sur leur décision. Attends encore quelque temps…

— C'est trop long. Il n'y a rien à faire ici. Je n'ai même pas vu la lumière du jour depuis plus de deux mois !

— Je sais, regretta Maddie. Pour te changer les idées, regarde un peu ce que j'ai trouvé ce matin, dit-elle en plongeant sa main dans son sac à dos. C'est pour toi.

Incapable de retenir un sourire, Nina s'empara de la conserve de salade de fruits et se mit à la recherche de l'ouvre-boîte. *Elle a raison de se plaindre*, pensa Maddie qui en aurait fait autant dans la même situation. Il lui semblait normal qu'elle veuille sortir. Dans la station, le temps paraissait s'écouler plus lentement qu'en surface. Au moins, il y avait quelques enfants de son âge avec qui elle pouvait jouer.

— Et de votre côté ? demanda Lauren qui venait d'apparaître, suivie du père. Comment vont les choses ?

— On se débrouille. C'est davantage pour vous que je m'inquiète, répondit Jack. Vous êtes toujours les bienvenus à l'appartement.

— C'est très généreux de votre part, fit Jose. Mais cet endroit est supposément le plus sûr, et je trouve qu'on prend déjà trop de risques. La sécurité de la station n'est pas assez rigoureuse à mon avis. Et le Conseil refuse d'entendre raison. Il faut des mesures plus restrictives. Ils prétendent qu'ils font tout ce qu'ils peuvent et que davantage d'initiatives de sécurité brimeraient la liberté des gens. Quel non-sens !

Il y eut un silence. Les têtes se tournèrent vers Nina qui était rentrée dans la tente à la recherche d'un outil pour ouvrir la boîte de salade de fruits.

— Nous avons quelque chose pour vous, dit Maddie en fouillant dans son sac.

— Ça tombe bien, nous aussi ! répondit Lauren. Prenez le temps de vous asseoir.

Maddie sortit de son sac un contenant de confiture et quelques bocaux de légumineuses. Jose les rangea aussitôt dans une des boîtes et Lauren revint avec un sabre japonais dans un fourreau noir lustré.

— Je l'ai trouvé cette semaine dans un appartement abandonné, dit-elle. J'ai pensé qu'il vous serait plus utile qu'à nous.

— Il est magnifique, avoua Maddie qui l'observa sous tous ses angles avant de le ranger en bandoulière sur son dos et d'ajuster la sangle du fourreau.

— Avez-vous soif ? demanda Lauren. On vient de faire bouillir de l'eau.

Le présent aurait pu paraître exagéré, mais les actes de barbarie des derniers temps avaient persuadé Jose et Lauren de l'utilité d'une telle arme. Et lorsqu'on savait le tort que pouvait causer un seul de ces insectes gigantesques, on appréciait à sa juste valeur une arme blanche bien tranchante. Jack s'assit sur une des caisses de lait disposées en travers des matelas et des réserves. Lauren plongea une poche de thé dans la bouilloire. Maddie poursuivait l'inspection du sabre.

— C'est un katana ?

— Oui. Enfin non, pas tout à fait, répondit Lauren. Ça y ressemble. Ça porte le nom de *wakizashi*. Traditionnellement, il s'agit de l'arme auxiliaire du samouraï. Le type chez qui on l'a trouvée avait toute une collection, où chaque arme était soigneusement disposée avec son nom et son histoire. On s'est partagé les sabres et j'ai eu celui-là, plus petit qu'un katana.

Après avoir discuté en sirotant le thé autour des chandelles, Jack et Maddie s'excusèrent afin de retrouver leurs amis à la sortie de la galerie.

Sur le chemin menant à la sortie, Maddie aperçut du coin de l'œil du mouvement dans un couloir sombre. Une silhouette baraquée maintenait une femme acculée contre le mur.

— Ça fait deux jours que tu ne m'as rien rapporté à manger ! gronda l'homme.

— S'il te plaît…

— Qu'est-ce qui ne va pas ? Tu vends ton corps pour de la nourriture et en échange, je te garde en sécurité. Tu peux comprendre ça ou bien c'est trop compliqué pour ta petite tête ?

— Donne-moi encore une journée…

— Comment suis-je censé te protéger si j'ai le ventre vide, hein ? Explique-moi ça ! On avait une entente, toi et moi. Hé ! Qu'est-ce que vous regardez, vous autres ?

Jack fit signe à Maddie de continuer à marcher.

— Ce n'est pas de nos affaires, on ne devrait pas s'en mêler, souffla-t-il en s'agrippant à Maddie. Ou plutôt, viens, on va aller chercher un agent. Il y a sûrement une patrouille quelque part…

Maddie se dégagea, lui fit une espèce de grimace, et s'adressa à la femme qui tremblait de peur :

— Vous avez besoin d'aide ?

— On ne t'a pas sonné, vociféra l'homme visiblement irrité.

— Laissez-la partir !

— Et pourquoi je ferais ça ? rétorqua le colosse en s'avançant vers Maddie le torse bombé.

— On ne veut pas d'ennuis, intervint Jack qui se glissa entre les deux.

— Jack, reste pas là ! le somma Maddie.

Le géant empoigna Jack et le projeta au sol. Aussitôt, Maddie dégaina son sabre.

— Tu ferais mieux de reculer ! ordonna-t-elle en le pointant du bout de la lame.

L'homme relâcha Jack et leva les mains dans les airs.

— Hé ! On se calme ! Faudrait pas blesser quelqu'un avec ça. Je m'en vais, articula-t-il doucement en marchant à reculons. Toi, viens avec moi ! ordonna-t-il à la femme qui sanglotait, recroquevillée dans un coin.

— Elle n'a pas à te suivre, dit Maddie qui fit un pas en avant, toujours en brandissant le sabre.

À cet instant, d'autres hommes s'approchèrent de la scène, chacun armé d'un couteau.

— Maddie ! reprit Jack en la prenant par le bras, plus solidement cette fois. C'est vraiment le temps de battre en retraite.

Elle jeta un ultime regard dégoûté à l'homme et s'engagea dans les escaliers au pas de course, suivie de Jack. Lorsqu'ils se retournèrent pour regarder en arrière, les hommes avaient disparu. La femme aussi.

— Tu aurais pu te faire tuer ! sermonna Jack. Qu'est-ce qui t'a pris de jouer les héros ?

— Oh, ça va ! Tu aurais pu me laisser faire. Je l'aurais découpé en charpie ce sale porc, répondit sèchement Maddie en lui jetant un regard incendiaire. Ou bien tu aurais pu faire preuve d'un peu de courage et ne pas fermer les yeux quand tu vois quelqu'un qui a besoin d'aide. C'était lâche de ta part.

— Quelqu'un que je ne connaissais même pas ? T'es pas sérieuse ! Je n'allais tout de même pas compromettre notre sécurité pour une inconnue ! Si c'était toi, ça n'aurait pas été la même chose.

— Hmmm… J'aurais pensé qu'il te restait un peu plus d'humanisme.

— Là n'est pas la question, Maddie. Je ferais tout ce que je peux pour toi, pour Frank ou Chad, répliqua Jack. Vous êtes pratiquement ma famille au point où on en est rendus. Mais lorsque tu me demandes de m'occuper de ceux que je ne connais pas, au risque de perdre le peu que je possède, je regrette, mais la réponse est non. Maintenant, traite-moi de lâche ou de ce que tu veux ! L'important, c'est que nous soyons en vie.

— Mais pourquoi on vit si c'est pour se foutre des autres, hein ? Dis-moi donc ça si tu es si intelligent !

Le reste du chemin s'effectua en silence après qu'ils eurent croisé une garde et signalé la mauvaise conduite de l'homme envers la femme. Jack n'en avait cure de la colère de Maddie. Tout ce qui lui importait, c'était que le groupe reste en vie.

— Vous en avez mis du temps ! lança Frank en apercevant Maddie et son sabre. D'où est-ce que ça sort, ce truc ?

— Les parents de Nina pensaient que ce serait une bonne idée d'avoir une arme pour se défendre, puisqu'on ne vit pas dans le camp de réfugiés du métro.

— Encore heureux qu'on n'y vive pas ! L'odeur y est insupportable. C'est humide et sombre…

— Frank, si tu avais un enfant, si tu étais blessé, âgé, à mobilité réduite, ou si tu avais besoin de soins de santé, tu penserais autrement ! siffla Maddie.

— Peut-être. Mais, aux dernières nouvelles, ce n'est pas le cas. Alors pas question de vivre dans un trou. Je ne suis pas un hobbit. Il est très bien, notre appart. On n'a pas à se plaindre ; le loyer est raisonnable ! Dis donc, tu es de bien mauvaise humeur, Maddie. Qu'est-ce qui se passe ?

— Laisse tomber ! dit Jack.

En rentrant, ils déposèrent les sacs de victuailles dans l'entrepôt. Jack prit son journal et partit se réfugier sur le toit presque sec. Il restait encore quelques heures avant que le soleil se lève. Il aimait se recueillir là, entre les seaux servant à emmagasiner l'eau de pluie destinée à boire, à se laver, à faire la vaisselle et la lessive. Car même après la fin du monde, on n'échappait pas à la vaisselle et à la lessive. Il aimait se laisser croire qu'on pouvait encore trouver un petit coin de solitude paisible dans le monde d'aujourd'hui. Il leva les yeux vers le ciel constellé d'étoiles. Jamais il n'aurait cru possible de regarder ainsi les étoiles en ville la nuit. Sans lumière, c'était un autre ciel.

Jack ouvrit son journal à la page où figurait une carte simplifiée du fleuve Saint-Laurent reliant Montréal et Kingston sur deux cent quarante kilomètres. Dans le lac Ontario, il avait inscrit Main Duck Island sous une île minuscule à vingt kilomètres de la rive. De Montréal à Kingston : un trajet qu'il avait parcouru bon nombre de fois avec sa famille lorsqu'il était plus jeune à bord du *Robinson*, voilier modèle S2-8B de 1979. Le voilier avait été acheté au tournant du 21e siècle dans une marina proche du fort Lennox à Saint-Paul-de-l'Île-aux-Noix. Ainsi, Jack avait grandi en apprenant à lire des cartes marines et la signalisation particulière d'isobathes, de phares, de balises, de bouées et de hauts-fonds. Il savait nouer les nœuds, pêcher, ajuster la voilure sans enrouleur et piloter le *Robinson* depuis l'habitacle. Il avait appris à tenir un cap, à changer de cap et à lire la surface de l'eau rien qu'en observant les remous. Les manœuvres essentielles à l'accostage, à l'ancrage et à l'entretien faisaient partie de sa formation, ainsi que le protocole de communication par radio VHF marine. Quand il repensait à tout ça, il s'en voulait de ne pas avoir été parmi eux lors de l'infestation.

Lorsqu'il se retrouvait seul ainsi, il se demandait de combien de temps il disposait encore. Combien de temps allait durer le règne des insectes ? Que faire pour passer le temps et comment s'organiser ? Pour toute réponse, il arrivait à la conclusion que la priorité était de survivre et de se préparer pour l'hiver. Bien sûr, il repensait à ce que Hana lui avait dit. Aujourd'hui, la librairie n'était plus qu'un amas de poussière. Il ne l'avait pas revue.

Après l'hiver, Jack planifiait de rejoindre l'île. Maddie et Chad n'avaient pas osé lui avouer ce qu'ils pensaient d'un tel périple. En revanche, Frank ne s'était pas gêné pour lui faire savoir haut et fort que c'était une entreprise irréfléchie, voire complètement absurde, et qu'il risquait de mourir ou de se faire tuer avant même d'avoir atteint Kingston. *Après l'hiver*, se répétait Jack qui ne se laissait pas dissuader, *je m'y rendrai* ! C'était le temps qu'il se donnait pour convaincre le reste du groupe de l'accompagner.

Il avait une raison de croire que l'île pouvait avoir échappé à la grande invasion et que sa famille avait des chances de s'y trouver. On n'y exerçait aucune activité agricole lorsque l'armée d'insectes ravageait les champs de la Terre et aucun humain, sinon très peu, ne s'y trouvait lorsque la guêpe avait subi la mutation. Cette île isolée et inhabitée, d'aucun intérêt pour les guêpes, pouvait-elle être le havre mythique qu'il espérait ?

— Et si tu te trompais ? répétait Frank.

— Et si j'avais raison ?

4

Quatre mois sans lumière

Falling from high places, falling through lost spaces
Now that we're lonely, now that we're so far from home
Watching from both sides, these towers been tumbling down
I lost my mind here, I lost my patience with the lord
Ben Howard, *The Wolves*

Quelques mois plus tôt, en juillet.

— Où êtes-vous ? demanda Jack en tenant son cellulaire contre son oreille.

— Sur le voilier, répondit son père. Sur le lac Ontario. Je suis désolé de ne pas avoir appelé plus tôt, on n'avait pas de réseau. Depuis qu'on a appris la nouvelle de l'infestation planétaire par radio VHF marine, on évite d'approcher de la rive. Ta sœur commence déjà à en avoir ras le bol du poisson midi et soir. Mais, avec ce qu'on entend à la radio et au canal 16, je préfère garder la nourriture non périssable pour plus tard. Personne ne sait combien de temps ça va durer. Peut-être que je suis un peu paranoïaque. Je préfère mettre toutes les chances de notre bord. Et c'est pour ça que…

Il avait un nœud dans la gorge. Sa voix était devenue rauque.

— Je ne sais pas comment te dire ça, Jack. Nous ne pensons pas rentrer. Il est probable que l'eau nous offre la meilleure sécurité qui soit. Nous allons peut-être tenter d'accoster sur Main Duck Island. Tu te souviens où c'est, n'est-ce pas ? Vingt kilomètres au large de Kingston. Mais bon, ta mère et moi n'avons pas encore pris notre décision. Je suis tellement désolé, je...

— Non, je comprends. C'est trop risqué pour vous de revenir par ici. Je préfère vous savoir en sécurité à pêcher sur le lac.

Le père poussa un soupir et reprit :

— Bon, tout ça m'amène à parler de toi : comment vont les choses de ton côté ?

— Ne vous en faites pas pour moi. Je vais me débrouiller. Et puis, il se peut que ce soit fini dans quelques semaines. Je suis toujours avec Frank, Maddie et Chad à l'appartement dans Côte-des-Neiges. Il y a un centre municipal de distribution de rations dans une école, pas trop loin d'ici. Ils répartissent des conserves, du riz, ce genre de trucs. On essaie de limiter nos sorties et de rentrer avant le couvre-feu.

— Le couvre-feu ?

— Après 20 h, les autorités patrouillent dans les rues pour minimiser le vandalisme, le pillage ; tu vois ce que je veux dire.

— Ah... dit-il, inquiet.

— Donc, quel est le plan ?

— Restez ensemble. Ne vous quittez pas. On n'a pas le choix d'attendre et de voir comment les choses évoluent. Comme tu dis, peut-être que ça ne durera pas.

∾

— Vous avez ressenti les séismes ? demanda le père.

— Oui. Ils sont de plus en plus forts depuis la semaine dernière. Les insectes ont envahi la ville, entonna Jack à tue-tête pour couvrir le son des cris dans la rue. Je ne comprends pas ce qui se passe, on dirait qu'ils ont changé !

— Que veux-tu dire ?

— Ils sont géants ! Ils doivent mesurer un mètre de long. Enfin, il y en a des petits et des gros, les mâles et les femelles à ce qu'il paraît. Tous les habitants qui étaient dehors se sont fait happer par les essaims. On les entendait agoniser !

— Quoi ? s'exclama-t-il.

— Les guêpes, papa ! Elles se sont mises à prendre les humains pour des proies ! Tu n'entends pas le bruit ?

— Es-tu certain de ce que tu dis ? Es-tu en sécurité ?

— Oui ! On s'est entassés dans la salle de bain. Il n'y a pas de fenêtre. On a verrouillé la porte de l'appartement et baissé tous les rideaux. Pour le moment, on est en sécurité.

— Restez ensemble ! répéta le père. N'essayez pas de venir nous rejoindre. Nous sommes encore au milieu du lac. Nous allons fermer tous les hublots et couvrir les fenêtres de l'intérieur. Ne sortez pas tant que vous entendez du bruit. Dès que possible, clouez des planches aux fenêtres pour empêcher les insectes de…

La ligne fut coupée. Jack fixa l'écran de son téléphone. « Réseau temporairement indisponible, veuillez réessayer plus tard. » Quelques secondes après, de violentes secousses sismiques ébranlèrent leur logis.

C'était le jour de la mutation, le jour qui allait confiner les humains chez eux au risque d'être déchiquetés en lambeaux comme de vulgaires feuilles de papier.

∾

Octobre. La pluie tambourinait aux fenêtres, derrière les planches de bois servant de volets. Frank lisait des bandes dessinées sur son canapé. Il avait trouvé la série des *Aventures de Tintin* la semaine d'avant et il la dévorait tranquillement. Maddie et Chad terminaient leur déjeuner de craquelins secs et de beurre d'arachides.

Jack griffonnait dans son carnet. Il dressait une liste d'objets qui pourraient être utiles pour le voyage jusqu'à Main Duck Island.

De la solution de chlore, des comprimés d'iode ou d'halazone pour rendre l'eau potable

Une canne à pêche et des appâts

Bon nombre d'allumettes et de briquets

Un manteau imperméable

Des bottes de randonnée

Des rations de nourriture

Une lampe torche et des batteries

Un couteau suisse

Un sac de couchage

Jack prévoyait passer les journées dans les habitations abandonnées. Une tente n'aurait fait que l'encombrer. La liste se poursuivait avec des vêtements de rechange, de quoi se couvrir la tête, une carte routière dans un sac étanche, un ouvre-boîte et une trousse de premiers soins. « Il faut que ça rentre dans un sac à dos, se répéta-t-il pour la énième fois. Ça ne rentrera jamais ! »

— Prêts ? demanda Maddie en sortant de la chambre avec Chad.

— Même s'il pleut ? grogna Frank pour la forme.

— Arrête de te plaindre, tu vas pas fondre !

L'entrepôt était plutôt bien garni, compte tenu de la rareté de la nourriture, mais il était difficile de prévoir la quantité nécessaire pour survivre à l'hiver. Il s'avérait encore plus ardu de savoir pendant combien de temps ils réussiraient encore à trouver des restes de nourriture avant que tout ne soit pillé. Chose certaine, après l'hiver, ils ne pourraient plus compter sur les conserves pour subsister. Autrement dit, demeurer en ville ne serait plus une option. Peut-être Jack parviendrait-il à convaincre le reste du groupe de tenter leur chance pour l'île, après tout ? L'idée de parcourir le chemin seul lui avait effleuré l'esprit à maintes reprises, mais il ne pouvait pas laisser ses derniers amis derrière lui.

Avant de sortir, Jack étala la carte de Montréal et passa en revue les rues qu'ils avaient déjà explorées. Son index s'arrêta sur un quartier. La destination de cette nuit. Il replia la carte et la rangea dans un sac transparent. Le groupe se rejoignit dans la rue.

Au bout de vingt minutes de marche sous l'orage, Maddie s'arrêta brusquement.

— Regardez ! s'exclama Chad en dirigeant le faisceau lumineux de sa lampe torche sur le sol devant lui.

La lumière éclairait un corps humain inerte, détrempé.

— Qu'est-ce qu'il y a ? Pourquoi on s'arrête ? lança Frank en continuant de marcher au-delà de la dépouille. Ce n'est qu'un mort. On en a déjà vu plein.

— Celui-ci est décédé récemment, observa Maddie en pointant les auréoles rouges dans le dos du cadavre, détail qui avait échappé à l'examen hâtif de Frank.

Ce dernier dégaina le pistolet de détresse qu'il avait trouvé la semaine précédente, et dont la seule utilité était de lancer des fusées éclairantes. C'était l'unique arme qu'il possédait, à défaut d'avoir un véritable pistolet. Maddie sortit son sabre du fourreau, se pencha et posa le revers de sa main sur le front du cadavre. Tiède. Le sang se diluait dans l'eau.

— Lâchez vos armes ! cria une voix derrière eux. Je veux voir vos mains.

Le groupe fit volte-face et un mur de lumière s'alluma aussitôt. Ils levèrent les mains. Pupilles contractées, yeux plissés, éblouis par l'éclat des lampes. À contre-jour, impossible d'estimer le nombre de personnes qui se profilait. Bientôt, le groupe fut encerclé. Frank laissa tomber son pistolet. Maddie déposa son sabre.

« À genoux ! » reprit d'un ton autoritaire l'ombre qui se distinguait du groupe en braquant un fusil sur les quatre.

Jack serrait les poings fermement. Un mélange de sueur et de pluie ruisselait sur son front. Sans doute voulaient-ils la même chose que tous les autres survivants. Manger. Il suffisait que l'un de son groupe vende la mèche et Jack pouvait dire adieu aux réserves de nourriture qu'ils avaient accumulées.

S'enfuir dans des directions opposées ? Les plus lents se feraient rattraper, tuer, voire pire. Il circulait des histoires d'horreur sur des groupes cannibales qui ne s'encombraient pas de conserves et de biscuits secs. Se battre ? Ramasser le sabre et le pistolet ? Non, cela n'avait aucun sens. Outre l'épisode de la guêpe et du piano, Jack ne s'était jamais battu. Ni Frank. Ni Maddie ou Chad, à ce qu'il sache. Ils se feraient abattre à coup sûr, avant même d'avoir eu le temps de se relever. Coopérer et attendre un moment d'inattention pour agir ? Ces gens ne les tueraient pas maintenant, sinon ils l'auraient déjà fait. Non, Jack et ses amis ne mourraient pas maintenant.

— Maddie ! s'éleva une voix d'entre les phares éblouissants.

— Lauren ? se renseigna une Maddie stupéfaite et incrédule.

— Vous les connaissez ? aboya la femme qui ordonna à son groupe de baisser les armes.

L'intensité des lumières diminua. Jack reconnut l'uniforme des gardes de la station de métro. L'orage se calma.

— Je m'appelle Kalyani, reprit la femme à la tête du groupe. Je suis responsable de la garde métro ce mois-ci. Qu'est-ce que vous… ?

Elle aperçut le cadavre.

— Ce n'est pas... Nous l'avons trouvé comme ça, répondit Maddie devant l'expression dubitative de son interlocutrice.

— Je les connais bien, renchérit Lauren. Ils n'auraient pas fait ça.

— Il était un des vôtres ? demanda Maddie.

Les membres de l'expédition du métro s'approchèrent chacun leur tour. Ils étaient près de dix. Chacun hocha négativement la tête.

— Vous ne devriez pas vous promener en si petit groupe, reprit Kalyani. La surface n'est pas un endroit sécuritaire. Si vous veniez dans notre camp sous terre, vous seriez davantage en...

— En sécurité, interrompit Frank. Oui, oui. On connaît la chanson.

Kalyani dévisagea Frank d'un air réprobateur. Les deux groupes échangèrent quelques informations sur les quartiers qu'ils avaient explorés respectivement. Maddie et Lauren se dirent au revoir. Puis les groupes se divisèrent, abandonnant le cadavre derrière eux.

— Es-tu toujours obligé d'être aussi bête quand tu t'adresses aux gens ? le gronda Maddie sans même regarder Frank, qui répétait ses propos en grimaçant.

∾

Novembre. Le temps était plus froid et humide que dans les souvenirs de Jack. Plus gris et pluvieux aussi. Comme si la chaleur et la lumière fuyaient le froid hivernal. Les guêpes ne trahissaient pas le moindre signe de fatigue, même s'il devenait laborieux pour elles de trouver leurs proies en nombre décroissant. Survivraient-elles à l'hiver ?

Jack se réveilla et alluma une chandelle sur la table de chevet afin de réduire l'humidité ambiante. Il faisait nuit. Les jeans, les chemises et les baskets avaient cédé leur place aux bas de laine, aux bottes, aux sous-vêtements longs et aux multiples épaisseurs d'habits. Puisque l'endroit n'était pas chauffé, gants, foulards et tuques constituaient l'accoutrement quotidien. S'il faisait déjà aussi froid, comment allait-on survivre à l'hiver ?

En étendant le bras sous son lit, Jack attrapa le roman de science-fiction *Je suis une légende*. Il reprit sa lecture à la lueur de sa lampe frontale. Il avait coupé le bout du pouce d'une paire de gants pour pouvoir tourner les pages de ses romans. Lire était devenu une activité par défaut lorsque le groupe ne sortait pas.

Désormais, le salon ressemblait à tout sauf à un salon. On aurait dit l'intérieur d'une énorme tente de camping avec le réchaud, des draps cloués aux murs pour minimiser les pertes de chaleur, des couvertures thermiques et des sacs de couchage d'hiver empilés sur les matelas.

— Ça fait exactement quatre mois, jour pour jour, la fameuse infestation, se dit Jack à voix haute, en comptant les pages de son journal.

— Et alors ? lança Frank d'une voix endormie. Tu espères l'arrivée à tout moment d'une équipe de télé pour nous annoncer qu'on a réussi l'épreuve de survie d'une émission dans le genre d'*Ultimate Survival*, et qu'on peut retourner à notre ancienne vie ? Désolé de te décevoir, mon vieux, mais…

— Non, coupa Jack. Je veux dire qu'on pourrait célébrer le fait qu'on est toujours là. Ça remonte à quand, la dernière fois qu'on a tenu une activité ensemble pour fêter un peu ?

— Commémorer la fin du monde ? Quelle idée ! Je ne sais pas si on a les ressources pour ça… commença Maddie tout juste réveillée par la conversation des garçons.

— Je ne parle pas de la fête du siècle, dit Jack. Juste une petite soirée sans sortie. Une veillée comme on en faisait avant.

— Je suis partant ! ajouta Chad qui n'avait pas besoin de se faire prier pour embarquer. On a besoin de mettre un peu de vie ici. Tout le monde a un air de chien battu.

Les têtes se tournèrent vers Maddie.

— Ah ! Et puis, pourquoi pas ? conclut-elle.

Ce soir-là, chacun investit un peu de sa réserve. Maddie déballa une boîte de biscuits au chocolat. Chad déchira l'emballage de quelques paquets de réglisse et de loukoums. Frank sortit la bouteille de porto qu'il cachait sous son lit. Jack ouvrit deux conserves de pain de viande et de biscottes. Il déposa une boîte à chaussures sur la table basse, qu'il interdit aux autres de toucher avant d'en avoir la permission.

— Vas-tu finir par nous dire ce qu'il y a là-dedans ? insista Frank en versant le contenu de sa bouteille dans quatre tasses.

— Plus tard, tu verras.

Il toussota et adopta un ton faussement pompeux.

— Nous sommes ici ce soir parce que ça fait quatre mois qu'on en arrache pour survivre, dit Jack en levant son verre. J'aimerais porter un toast à notre appart qui nous a permis de rester en vie !

— Un discours ! entonnèrent les trois autres. Un discours !

Quatre tasses se levèrent et ils trinquèrent.

— Sérieusement, reprit Frank, plus besoin d'aller au travail, à l'école, de payer les factures, le loyer… Quand on y pense…

— T'essayes pas de nous faire croire que tu préfères cette vie à celle que t'avais avant, quand même ! commenta Chad.

— Je plaisante. On n'a pas le choix d'accepter le fait que les choses sont différentes maintenant. Qu'est-ce que je ne donnerais pas, juste pour une bonne douche chaude ! Un après-midi à surfer sur Internet ou même simplement à marcher dehors sans me demander si je vais rentrer chez moi après ! Bien sûr, il y a des choses qui ne me manquent pas, mais je m'ennuie du monde dans lequel on vivait.

— Il y a tellement d'évènements qu'on ne vivra plus jamais, enchaîna Maddie, avec une pointe de mélancolie dans la voix. Amener sa copine ou son copain au cinéma, se marier, avoir des enfants, sa première voiture, sa première maison...

— Tu as raison, Maddie, avoua Frank. Mais, au sujet des habitations, quelqu'un m'a dit qu'elles ne coûtent pas cher ces temps-ci. C'est le bon temps pour investir dans le marché.

— Avant que j'oublie, je voudrais aussi qu'on se donne une bonne tape dans le dos pour l'organisation en vue de l'hiver, reprit Jack. Je ne suis pas plus enchanté que vous à l'idée de passer les mois les plus froids sans électricité. Mais on s'en est bien sortis jusqu'ici. Et préparés comme on l'est, je ne vois aucune raison de croire qu'on ne peut pas passer au travers de l'hiver.

Frank se servit un deuxième verre. Chad engloutit le tiers des réglisses.

— J'aimerais qu'on prenne un moment pour se souvenir de ceux qui ne sont plus avec nous, proposa Maddie au bout d'un moment.

— Ah non ! Elle ne va pas encore nous gâcher la fête avec sa nostalgie ! protesta Frank, le teint un peu rougi par l'alcool. Je pensais qu'on faisait cette soirée pour se changer les idées !

— Je pense que c'est important, renchérit Chad.

— Pfft... Sans moi, dit Frank d'un ton morose en se levant avec son verre.

Il enfila son manteau et se retira sur le toit. Il tombait un léger crachin. Malgré l'humidité qui transperça rapidement son manteau et lui glaça les os, Frank s'assit sur une chaise. Il demeura immobile comme une statue à regarder la pluie tomber sur les immeubles et les tours de bureaux autrefois peuplés par des centaines de personnes. Quelques minutes plus tard, il entendit des pas derrière lui. Il s'essuya le visage avec ses manches.

— Ça va ? demanda Jack.

— Je n'ai pas envie de discuter.

— Allez, rentre. Il fait froid. Maddie a fini sa tirade.

Voyant que Frank refusait de bouger, Jack s'assit à son tour sous la bruine. Depuis le temps qu'ils se connaissaient, Jack savait à quel point Frank pouvait être entêté parfois. Il sortit deux bouteilles de bière de son manteau. Frank s'alluma une cigarette.

— Je pensais que t'avais arrêté.

— Quelque chose va me tuer bien avant un cancer du poumon.

Ils demeurèrent ainsi en silence une minute.

— Ils me manquent à moi aussi, reprit Jack en tendant une bière à son ami.

— Je t'ai dit que je n'avais pas envie de parler de ça, répéta Frank en attrapant la bouteille, le regard perdu dans le lointain. Tu m'énerves.

— Tu n'as pas besoin de parler. Il y a des silences que les mots ne peuvent pas combler. De toute manière, il n'y a plus rien à dire.

Depuis le toit, on voyait l'Oratoire Saint-Joseph où des milliers de pèlerins venaient prier annuellement, certains gravissant les escaliers à genoux. On racontait que plusieurs d'entre eux voyaient leurs prières exaucées. Les gens s'y rendaient souvent en cas de situation difficile. Pas étonnant que le nombre de visites ait grimpé en flèche pendant le désastre. Jusqu'à ce que les cadavres s'empilent sur le parvis.

— Tu crois qu'il existe, le grand patron barbu en haut ? fit Frank en fixant la croix sur le toit du monument, laissant échapper un filet de fumée grise de tabac entre ses lèvres. Et d'abord, pourquoi aurait-il laissé une telle chose se produire ?

— Ce que je crois n'est pas important, confia Jack. Je me suis toujours dit que, si tu veux croire qu'il existe, alors il existe. Ce qui me dérange, c'est ceux qui croient que leurs croyances sont supérieures à celles des autres.

— Diplomate, reconnut Frank. En tout cas, s'il existe pour de vrai, je me demande bien à quoi il joue. C'est quand même un miracle qu'on soit encore vivants. Si on ne s'était pas entassés dans la salle de bain le matin où… Je veux dire, imagine si on était sortis pour le petit-déjeuner !

— Je sais, Frank. Je sais.

— Tu crois qu'il y a une raison à ce qui est arrivé ? Te demandes-tu parfois pourquoi nous avons survécu ?

— Non, pas vraiment. C'est une chance. Un hasard. À mon avis, du moins.

— Tu sais ce qui me manque ?

— Quoi encore ?

— Ben… On n'a pas rencontré énormément de filles dans le coin…

— Ah, ça ! Ouais, moi aussi.

— S'il y a bien une chose que je veux faire avant de mourir…

Il y eut un autre silence, quelques éclats de rire, puis chacun prit deux ou trois gorgées de bière.

— Y es-tu déjà allé ? ajouta Frank en pointant le menton vers l'Oratoire.

— Quelques fois.

— C'est beau, hein ?

— Y'a ben juste toi pour changer de sujet comme ça entre le sexe et la religion.

Lorsqu'ils n'étaient que tous les deux, leurs conversations pouvaient souvent se composer de très courtes phrases parfois monosyllabiques à intervalles de quelques minutes.

— Alors ? renchérit Frank en jetant le mégot vers la rue.

— Alors quoi ?

— Tu crois en quoi ?

— T'es sérieux ? Tu veux qu'on parle de ça ?

— Pourquoi pas ?

— Si tu veux. Je crois en deux choses. La première est que nous ne pouvons pas déterminer si une divinité existe et si elle est à l'origine de l'Univers. Nous ne pouvons ni prouver son existence ni affirmer son absence. Ce que nous pouvons faire, c'est croire. À mon humble avis, c'est un libre choix, c'est personnel. Maintenant, la deuxième chose à laquelle je crois, c'est qu'on devrait rentrer en dedans parce que les biscuits ne se mangeront pas tout seuls ! Et on n'a pas encore ouvert la boîte à chaussures.

— Vas-tu bien me dire ce qu'il y a dedans ?

— Pas avant que tu rentres.

Seulement après avoir terminé sa bière, Frank se résolut à rentrer. Sous prétexte qu'il avait froid, plutôt que d'avouer que Jack l'avait convaincu. L'orgueil, évidemment.

Maintenant que tous étaient à nouveau rassemblés autour de la table, Chad proposa d'ouvrir la boîte à chaussures.

— Frank, si tu veux bien nous faire l'honneur...

Frank souleva le couvercle de la boîte. Au fond, il y avait des piles, de petits haut-parleurs, un lecteur CD et quelques disques de musique, dont l'album *The Freewheelin' Bob Dylan* sur le dessus.

— Génial ! Quand est-ce que tu as trouvé ça ?

— Lorsque tu venais de mettre la main sur ton pistolet de détresse et que tu étais trop occupé à en deviner le fonctionnement.

— Excellente idée, remarqua Frank au début de *Blowin' in the Wind*. Un monde sans musique serait vraiment trop déprimant.

5

La route

How many roads must a man walk down
Before you call him a man ?
Bob Dylan, *Blowin' in the Wind*

La première neige de décembre avait recouvert Montréal. Ce matin-là, le soleil s'était levé sur une ville silencieuse. Pas un seul bourdonnement. Les guêpes avaient disparu. Des rafales emportaient quelques flocons dans de délicats tourbillons. On entendait le rare croassement guttural d'un corvidé solitaire. Sous la neige, on oubliait presque le sol jonché de macchabées.

Le groupe sortit sur le toit, fasciné par la clarté du jour malgré le ciel gris. *Six mois sans lumière*, pensa Jack. *J'avais presque oublié la sensation.* Pour la première fois depuis la mutation, on pouvait contempler l'extérieur sans craindre d'être réduit en lambeaux par les insectes.

— Où croyez-vous qu'ils sont partis ? demanda Chad.

— Daytona Beach en Floride, affirma Frank.

— Aucune idée, avoua Jack.

Un coup de feu retentit. Chacun regarda autour de soi. Tous cherchaient à déterminer d'où provenait le son. Jack aperçut dans la rue, à trois cents mètres de leur refuge, une quinzaine d'individus défonçant les portes des bâtiments pour voler les survivants. Celui qui manifestait la moindre opposition recevait une balle entre les deux yeux, sans hésitation ni autre forme de procès.

— À plat ventre ! ordonna Maddie. S'ils nous voient, on n'est pas mieux que morts.

La bande s'approchait dangereusement.

— Qu'est-ce qu'on fait alors ? s'inquiéta Chad.

— On devrait partir immédiatement, répondit Jack.

À cet instant, un second groupe d'une vingtaine de membres apparut et ouvrit le feu sur l'autre, tout en lançant des projectiles enflammés ; cette flambée de cocktails Molotov signifiait la guerre. Chaque camp fila se mettre à couvert derrière des carcasses de voiture. Les balles sifflèrent en rafale, arrachant des cris des deux côtés, martelant le métal des automobiles et les briques. Communiquant par signes, chaque camp tentait de se positionner de manière à gagner un avantage stratégique sur l'autre. Les tirs ne durèrent pas plus de deux ou trois minutes. Ils parurent s'étaler sur beaucoup plus de temps. Les deux groupes s'éloignèrent, battant en retraite. Peut-être avaient-ils subi trop de pertes. Peut-être leurs recharges de munitions tiraient-elles à leur fin.

— Qu'est-ce que ça signifie ? demanda Chad d'une voix chancelante.

— Ça veut dire que les insectes ne sont plus une menace pour l'instant, dit Maddie. C'est des autres survivants qu'il faut se méfier.

— C'est pas nouveau, Sherlock, remarqua Frank.

— Mais c'est la première fois qu'il y a une fusillade devant chez nous ! observa Jack. Je crois que nous devrions tous avoir un sac à dos avec du matériel de survie au cas où nous devrions évacuer les lieux rapidement. Assurez-vous de toujours avoir votre couteau de poche à la ceinture.

— Il y a deux minutes, tu disais qu'on devait partir, répliqua Chad.

— C'est vrai, convint Jack. Mais tu veux aller où ? Dans le métro ?

— Un instant ! protesta Frank. Nous étions convenus qu'on n'irait pas là ! En plus, ces gangs savent que la station de métro est pleine de ressources. Il est clair qu'ils vont finir par y aller tôt ou tard.

— Les tunnels sont bien défendus. Tu penses réellement qu'ils s'y attaqueraient ? demanda Chad.

— Ils ont faim, dit Frank. On ne devrait pas sous-estimer des gens affamés qui n'ont rien à perdre.

Le groupe rentra et chacun prépara son sac à dos en cas d'urgence, en attendant d'avoir un meilleur plan. Dans son bagage, Jack rangea son journal, le lecteur CD, quelques conserves, une couverture thermique, sa carte de Montréal et des allumettes. Le sac devait demeurer léger.

— Bon. Si on reste ici, il faut trouver un moyen de rendre le lieu difficile d'accès, réfléchit Maddie à voix haute en pliant un gilet de laine dans son sac. Il faut les décourager d'entrer, leur montrer que ça n'en vaut pas la peine.

À la fin de la journée, le vestibule était obstrué par un amas d'objets hétéroclites provenant des appartements voisins. Impossible de passer au travers du bazar de divans, de tables et de chaises sans amorcer un vacarme. Ils placèrent également deux bibliothèques pleines devant la porte du salon pour rendre la tâche plus difficile à quiconque tenterait de la défoncer.

— C'est bien beau, tout ça, remarqua Maddie, mais ce serait de la négligence de penser que ça va suffire à les arrêter. Il faut aussi un plan d'urgence. Il se peut qu'on parte en vitesse.

— J'ai une idée, avança Frank. Mais ça ne va pas vous plaire.

Dans les jours qui suivirent la fusillade, les expéditions de nuit pour trouver de la nourriture et les visites au métro cessèrent. Le temps paraissait plus long que jamais. Le groupe avait repris l'habitude de dormir de nuit et de rester éveillé de jour. Comme avant. Sauf qu'à présent, quelqu'un demeurait éveillé pour faire le guet en permanence. Et on espérait ne pas devoir recourir au plan radical de dernier recours...

∾

— Laissez-moi au moins vous exposer mon raisonnement, exigea Jack.

Le groupe était rassemblé sur le toit. Une bouilloire pendait au-dessus d'un minuscule brasero.

— C'est encore à propos de l'île ? demanda Chad.

— Cet été, lorsque l'infestation s'est produite, l'incertitude était trop grande pour oser aller à Kingston, expliqua Jack. Les insectes nous terrorisaient. Souvenez-vous des premiers jours ! Sans compter les risques de subir l'attaque des autres survivants au moment du départ. Ces dangers sont toujours présents, mais nous avons pris l'habitude de survivre. On peut tenter de s'y rendre. Certes, au printemps, les chemins seront impraticables et il va falloir marcher, si possible franchir une bonne partie de la distance en bateau. Ce ne sera pas un voyage aisé, mais on peut le faire.

— La route n'en demeure pas moins dangereuse ! protesta Maddie. Risque de blessure, de maladie, d'attaque, et l'on pourrait mourir de faim ou devenir victimes des guêpes. Sais-tu pourquoi nous sommes encore en vie, outre le fait qu'on a passé douze heures à demeurer enfermés dans une salle de bain pendant que l'espèce humaine se faisait liquider ? On gère les risques. Sortir

chaque soir, c'est prendre un risque. Mais un risque nécessaire pour amasser des ressources vitales à notre survie cet
hiver. Et par-dessus tout, tu ne sais même pas si cette île
est viable ! Si ça se trouve, elle ne l'est pas.

— Tout à fait d'accord avec toi, admit Jack. Du moins,
à court terme, tu as raison. Mais il deviendra de plus en
plus difficile à long terme de trouver de la nourriture !
Le monde dans lequel on vit est notre nouvelle réalité.
On ne peut pas simplement survivre dans des conditions
misérables. Réfléchissez ! Ce sera notre premier hiver sans
électricité. Qui parmi nous a déjà vécu ça ? Si on oublie
les plans à long terme, on va finir par ne rien faire. Et je
n'ai pas l'intention d'attendre les bras croisés ! En plus,
les corps qui se décomposent dans les rues pourraient
causer une grave épidémie comme au Moyen Âge. C'est
un miracle que nous soyons tous en santé.

— Parle pour toi, souffla Chad.

— Donc, qu'est-ce que tu proposes ? reprit Maddie.

— Les hommes traversent les océans depuis des siècles.
Je vous parle d'un tronçon de fleuve ! J'ai déjà fait plusieurs
fois en voiture et en voilier le trajet entre Montréal et
Kingston. C'est quelques heures de voiture à peine. À
peu près deux cent quatre-vingt-dix kilomètres, si je me
souviens bien. Par contre, si nous décidons d'entreprendre
ce voyage, il faudrait prévoir plusieurs semaines, vu l'état
actuel des routes et l'impossibilité d'emprunter un véhicule. L'idéal, ce serait d'utiliser une embarcation à moteur.

— T'es sérieux ?

— Je me suis donné l'hiver pour vous convaincre. Nous
partirions au printemps avant le retour des guêpes, car on
doit s'attendre à ce qu'elles ressurgissent. Je ne veux pas
être optimiste au point de croire qu'elles sont disparues à
tout jamais.

— Pfft, cause toujours ! Je suis du même avis que Frank. C'est de la folie. Pas vrai, Chad ?

— Désolé, Jack. Je n'en suis pas convaincu.

Une odeur de brûlé commençait à se répandre. Une colonne de fumée s'élevait dans le ciel.

— On dirait que ça provient du métro ! s'écria Chad, les yeux ronds comme des billes.

Le groupe attendit la nuit avant de sortir. La curiosité obligeait d'enquêter, mais pas au point de sortir à la clarté. Même si les insectes avaient disparu, Jack préférait attendre la noirceur familière de la nuit pour se glisser à l'extérieur.

Lorsqu'ils arrivèrent, il ne restait que des fumerolles qui s'évaporaient dans la nuit. Des survivants s'étaient attroupés autour des voitures incendiées, des corps inertes, des braises et de la station de métro, plutôt des catacombes, d'où s'échappaient des volutes de fumée couleur charbon.

Le camp de réfugiés avait été pillé et incendié. Dans ce désarroi collectif, des voix racontaient qu'une minorité était parvenue à fuir dans les tunnels, vers d'autres stations. Tous n'avaient pas eu la chance d'échapper au massacre. Parmi la mince foule grelottante, attroupée autour du brasier fumant, Maddie cherchait Nina, Lauren et Jose. Mais nulle trace de la famille.

6

Extrait n° 1 du journal de Jack

The steady burst of snow is burning my hands
I'm frozen to the bones, I am
A million miles from home, I'm walking away
Woodkid, *Iron*

Nous sommes rendus au 10 décembre. *Nous avons poussé nos recherches nocturnes. Aucune trace de la famille de Nina. Les gens que nous avions interrogés n'en savaient pas plus que nous. Malgré notre intention de mener l'enquête plus loin, d'autres circonstances ont bouleversé nos plans. Ils étaient à peu près douze, si je me souviens bien. Douze enfoirés.*

Je revois cette meute de loups affamés, ces brutes entassées devant l'entrée de notre appartement dans la neige fraîche du matin. Fusils à l'épaule, couteaux à la ceinture, haches et machettes dans les mains. La meute préparait son attaque. Visages froids aux traits durs, aux regards assassins. Leur cible était claire. Nous étions les prochains. Dur réveil.

Le tintamarre des objets disposés dans l'entrée sonna l'alerte. Un mélange de cordes, de chaises, de tiroirs de bureau, de vaisselle et d'ustensiles en guise de système d'alarme. On s'était débrouillés avec les moyens du bord. À ce moment-là, tout le monde se réveilla et ce fut le début de la panique.

La porte du salon était entrebâillée. J'ai vu les hommes qui commençaient à vider l'entrée. Leur tohu-bohu aurait réveillé un mort. Par l'interstice de deux planches clouées aux fenêtres, j'avais repéré trois personnes qui attendaient dehors.

— J'ai déjà vu ces types, remarqua Maddie.

— *Ils faisaient partie de la fusillade d'il y a quelques semaines ? demanda Frank.*

— *Ce n'est pas le temps de discuter ! chuchota Chad. Qu'est-ce qu'on fait ?*

— *Vite, prenez vos sacs ! ordonna Maddie. Et venez dans la remise.*

J'ai enfilé mon manteau et mon sac. Maddie distribuait des bidons d'essence. Les bruits dans l'entrée se rapprochaient. C'était ça, le plan de dernier recours. Nous avions rempli nos sacs à dos au maximum. Ce qu'on ne pouvait pas emporter pouvait aussi bien brûler, plutôt que d'être offert sur un plateau d'argent à ces vauriens.

Je me souviens d'avoir dû me répéter : « Reprends-toi, Jack ! Tu sais ce que tu as à faire. » À la vitesse de l'éclair, on a déversé le contenu incolore des bidons. En moins d'une minute, l'endroit baignait dans les vapeurs d'essence.

— *Dépêche-toi, Maddie ! murmura Frank.*

— *Je fais ce que je peux ! répliqua-t-elle, voyant que chacun avait vidé son jerrycan. Tout le monde est prêt ? Dirigez-vous vers la porte arrière !*

L'on frappait à qui mieux mieux à la porte du salon. Elle n'allait pas tenir longtemps. Ces brigands allaient la défoncer. Ce n'était pas les bibliothèques qui les en empêcheraient.

Au moment où les intrus parvinrent à pénétrer dans l'appartement, Frank, Maddie, Chad et moi étions déjà sur le balcon. Frank dégaina son fusil de détresse et appuya sur la détente. Instantanément, la déflagration transforma la demeure assiégée en un brasier, arrachant des cris d'agonie à la meute qui venait de faire irruption. On s'est précipités dans les escaliers qui aboutissaient dans la cour. Aussitôt, les trois hommes qui gardaient l'entrée ont compris ce qui se passait et ils ont contourné l'édifice. Je sentais le vent froid m'infliger ses morsures, surtout au visage. Les coups de feu eurent tôt fait de me propulser de l'avant. Courir. Sauver ma peau. Tel était le but.

Aux coups de feu s'additionnaient les clameurs des envahisseurs. À un certain moment, j'ai entendu : « Économisez vos munitions ! » En regardant en arrière, je m'aperçus que les trois hommes avaient été rejoints par quelques acolytes aux vêtements noircis par le feu. Ils étaient certes moins nombreux qu'avant, mais ce n'était pas une raison pour ralentir. Alors pourquoi Maddie ralentissait-elle ?

— T'es folle ou quoi ! cria Frank.

— Chad a été touché ! s'exclama-t-elle alors que je vis du coin de l'œil son petit ami blessé, recroquevillé dans la neige rouge.

À cet instant, Maddie reçut une balle dans l'épaule et s'écroula en se tordant de douleur.

— Ne t'arrête pas, Jack ! me cria Frank.

— Ils… Ils ont abattu Maddie et Chad !

— Merde ! Cours ! Sinon on va y passer nous aussi ! Écoute, on doit se séparer ! On a de meilleures chances de les semer comme ça.

— Es-tu malade ? On reste ensemble !

Frank bifurqua à l'intérieur d'un bâtiment désaffecté depuis l'été ; je le talonnais. Des bureaux, des ordinateurs, des chaises, des classeurs et des tonnes de papier baignaient dans la poussière. On a grimpé jusqu'au deuxième étage, aussi sombre que le premier, bousculant au passage un vieil homme et sa femme, sans doute là pour trouver quelque ingrédient à se mettre sous la dent. On s'est fondus parmi les tables de travail, sur un tapis de reçus, de bons de commande et de bordereaux d'expédition. On a caché nos sacs derrière un grand meuble à tiroirs pour s'alléger et avancer un peu plus loin. Si on ne pouvait pas vaincre nos poursuivants par la force, on pouvait les semer.

J'ai profité du moment pour reprendre mon souffle. J'ai éponge du revers de la main mon front qui suintait. Ce qui venait de se passer n'avait pas encore fait son bout de chemin dans ma tête. Chad et Maddie. Morts ? Impossible ! C'était forcément un cauchemar, un mauvais rêve. Des pas résonnaient dans l'escalier. Deux coups de feu. Le vieil homme et sa femme ? Pas le temps de penser à ça. La meute était arrivée dans la même pièce que nous.

— Merde ! pesta Frank dans la noirceur. Il suffirait qu'ils éclairent nos empreintes dans la poussière avec une lampe de poche pour qu'ils nous trouvent.

Aussitôt, il s'empara d'un stylo-bille et le lança à l'autre bout de l'immense salle. Les poursuivants accoururent au fond de la pièce vers la source du bruit sans nous voir, pendant qu'on se faufilait vers les escaliers. Du bruit provenait de l'étage inférieur. Finalement, on a grimpé jusqu'au dernier étage, le quatrième, et on s'est agenouillés derrière une pile de classeurs.

— Ils vont finir par nous trouver, soit par nos traces dans la poussière, si on reste à l'intérieur, soit par nos traces dans la neige, dis-je, le souffle court.

— Je sais, je sais, marmonna Frank hors d'haleine.

Un homme entra dans la grande pièce du dernier étage. Frank essaya de le distraire en lançant un crayon. Le même stratagème ne fonctionna pas deux fois de suite. J'ai jeté un coup d'œil furtif au-delà du bureau et j'ai vu que l'homme était armé d'un revolver. Frank eut une idée, qu'il chuchota à mon oreille.

Lorsque l'homme fut assez proche, Frank se propulsa sur lui, l'étranglant avec un câble d'ordinateur tandis que j'attrapais ses mains pour éviter qu'il nous tire dessus. L'homme parvint à tirer quatre coups de feu, vidant son chargeur avant de s'écrouler asphyxié, le visage pourpre. Frank ramassa le revolver, le rangea dans la poche de sa veste et me fit signe de me diriger vers le toit. Les autres poursuivants escaladaient déjà les marches quatre à quatre.

— On n'a pas besoin de les semer, réfléchit Frank à voix haute en replaçant son bonnet rouge et blanc. Il faut les décourager de nous rattraper !

Le toit était complètement enneigé. Devant : la rue. Derrière : une ruelle. À gauche : l'édifice voisin, qui était trop bas. Mais à droite, il était juste un peu plus bas. Assez pour nous permettre de sauter.

— T'es bon au saut en longueur ? me lança Frank.

— Euh… pas pire.

— Alors, à toi l'honneur !

J'ai pris mon élan et j'ai sauté sans regarder en dessous de moi. J'ai atterri de l'autre toit en roulant dans la neige. Quand je me suis retourné, j'ai aperçu Frank immobile sur l'autre édifice.

— Allez, saute !

— On se rejoint à l'appart dans deux jours ! m'a-t-il crié.

— Mais qu'est-ce que tu fais ? Saute ! Viens-t'en !

— On ferait mieux de se séparer. Ne perds pas de temps !

Frank sauta sur le balcon de l'immeuble, et se glissa dans un arbre jusqu'à en atteindre le sol. À cet instant, les malotrus sont arrivés sur le toit et j'ai dû poursuivre ma course. Je suis parvenu à sauter sur un troisième bâtiment et à trouver une échelle pour descendre.

J'ai abouti dans une ruelle, pantelant. La neige avait déjà été piétinée par des gens qui avaient emprunté le même chemin. Peut-être était-ce ma seule chance de semer la confusion auprès de ces rapaces ! Mon cœur battait la chamade. Je ne pouvais pas m'arrêter pour me reposer. Pas maintenant. Pas encore, du moins. Je suis entré dans un immeuble d'appartements. J'ai enlevé mes bottes pour marcher, afin de ne pas laisser de traces de neige sur le sol. Mes bottes dans une main, je me suis retrouvé dans un immense stationnement souterrain où une trentaine de véhicules étaient plongés dans l'obscurité. Mes pieds engourdis par le froid frôlaient le sol de béton. Mes yeux s'habituèrent à la noirceur et je me dis que les voleurs regarderaient forcément sous les voitures ; j'ai donc opté pour une cachette sous une boîte de carton, dans un grand bac de recyclage.

Je peinais à respirer. Mon système cardiovasculaire était débordé. Mon corps en nage tremblait vigoureusement. Je claquais des dents. La bouche sèche. Les poils hérissés. Un animal qui se cachait d'un prédateur. L'adrénaline affluait. Je n'arrivais ni à penser ni à bouger. Je me sentais gagné d'un haut-le-cœur. Puis mon pouls s'est mis à ralentir et ma tête se fit lourde, engourdie. Je n'entendais plus rien. Incapable de savoir si le silence régnait ou si mes sens m'abandonnaient, je sombrais dans une torpeur somnolente et profonde.

Peut-être que j'ai temporairement perdu connaissance ou que j'ai simplement fermé les yeux pendant quelques minutes. J'ai attendu. Je n'osais pas sortir. J'attendais encore, jusqu'à ce que le stress redescende petit à petit.

Au bout de ce qui me parut plusieurs heures, je me suis risqué à jeter un regard pour scruter les alentours. Le stationnement était vide et silencieux. J'ai balancé une bouteille vide à l'aveuglette au bout de mes bras et j'ai entendu le verre éclater quelques mètres plus loin. Pas de bruits d'enjambées précipitées. J'ai tout de même patienté davantage. Puis, je me suis hissé hors du grand récipient et j'ai remis mes bottes. Était-ce possible qu'ils ne m'aient pas suivi ?

Je suis retourné à l'extérieur. Tout semblait si paisible, hormis le froid mordant qui s'infiltrait sous mes vêtements trempés de sueur. Tout paraissait tranquille, si bien que j'ai eu l'idée de rentrer à l'appartement et d'y trouver mes amis. Qu'on prenne une bonne bière pour tout oublier. Mais quel appart ? Et quels amis ? Depuis la rue, je voyais des filets de fumée s'élever dans le ciel. Il ne devait plus rester grand-chose de l'endroit que nous occupions, à l'heure qu'il était. Pour la première fois de ma vie, je me suis retrouvé seul. Et je n'aurais pas pu imaginer le sentiment de vide qui en découlerait. Frank, Chad, Maddie : ces bons amis étaient tout ce que j'avais.

Des volutes de fumée s'échappaient dans le ciel et je contemplais depuis la rue leur cheminement aérien, les spirales emportées par le vent. Je l'ignorais, mais dans deux jours, j'allais retrouver Frank et on prendrait une décision quant à notre avenir immédiat.

J'ai baissé la tête et j'ai aperçu, devant moi, un des poursuivants braquant son pistolet sur moi. D'instinct, j'ai levé les mains. L'homme arborait un sourire venimeux.

— J'y crois pas ! s'exclama-t-il. J'te connais ! La mauviette avec cette fille qui brandissait une épée dans le métro. Miss Justice. Elle m'avait interrompu dans une discussion très sérieuse avec une charmante dame. Dis donc, t'es coriace pour avoir survécu jusqu'ici ! Oh. Attends, qu'est-ce que je raconte, gamin ? Non, non, non. La fille avec l'épée, elle est pas en super forme en ce moment... Ça, non ! Mais tu sais quoi ? J'en ai absolument rien à foutre !

Il appuya sur la gâchette. Rien. Rien qu'un discret cliquetis. Le chargeur était vide ! L'homme jeta son pistolet à terre en jurant et il dégaina son couteau. Au même instant, je me souviens d'avoir eu la pensée absurde et ridicule que j'aurais mieux fait de suivre des cours d'arts martiaux plutôt que des cours de voile. Je me surpris moi-même à sortir mon canif de ma poche.

Le malotru ricana avec mépris. Il lui manquait des dents. Sans doute jouissait-il à l'idée de découper cette pièce de viande fraîche que j'étais. J'essayais de penser à une stratégie. Je n'allais pas me laisser faire. Mes jambes lourdes refusaient de courir. Jamais je ne m'étais battu auparavant. Et l'adversaire semblait beaucoup plus expérimenté. Plus confiant aussi. La différence était frappante. Avant même la confrontation, l'issue du duel était scellée.

L'homme était effectivement bien plus habile à manier le couteau que moi. J'ai essayé de l'atteindre à maintes reprises. Il esquivait chaque coup. Les contre-attaques déchiraient le tissu de mon manteau, lacéré coup après coup. Je ne voyais pas venir les frappes. Bientôt, j'ai senti la lame percer les lambeaux de mes manches et atteindre mes avant-bras. Le sang se répandait dans mes vêtements humides.

D'un coup agile qui relevait davantage de la chance que de l'adresse, j'étais parvenu à m'incliner pour planter mon canif dans une des jambes de mon adversaire. Le petit couteau m'échappa des mains et je perdis l'équilibre. L'homme me balança alors un vif coup de pied dans les côtes et retira la lame de sa jambe.

— Laisse-moi te débarrasser de ça. Je pense que tu n'en auras plus besoin, lança-t-il en jetant mon couteau loin derrière lui.

Je me suis relevé. L'assaillant m'a catapulté sur une voiture, s'est agrippé à ma figure et m'a expédié rageusement contre une vitre qui a volé en éclats. Un goût de fer dans ma bouche. Je me suis effondré sur le sol, crachant rouge, avec la vision de l'homme qui me regardait de haut, souriant fièrement, les yeux lançant des éclairs de fureur. Cette fois, lorsque je me suis relevé, je ne voulais que courir. Prendre la fuite. Je titubais. Le boucher me retint et m'enfonça son couteau dans l'épaule droite. Je ne pus réprimer un hurlement, la douleur était fulgurante.

La lame s'est retirée et j'ai porté une main à mon épaule sanguinolente. L'autre main cherchait désespérément un point d'appui. Il n'y avait rien à quoi s'agripper.

— Qu'est-ce qui t'arrive ? T'es fatigué ?

Ma vision devenait de plus en plus floue. Je peinais à aligner deux pensées. Maintenir mes mains devant moi demandait un effort surhumain. L'homme aurait pu me tuer n'importe quand, mais il savourait le plaisir de chaque coup de couteau. Je venais de comprendre qu'il essayait de m'épuiser pour me laisser mourir à petit feu, au bout de ce supplice. Il s'en délectait, ce bourreau sadique. Derrière moi, j'ai juste eu le temps d'apercevoir d'autres poursuivants qui venaient le rejoindre, avant qu'un violent coup de pied ne m'atteigne à l'estomac. J'étais plié en deux. J'implorais qu'on mette fin à cette torture. Je me suis écroulé sur le sol une nouvelle fois, vaincu, et je me suis dit : Ça y est, c'est la dernière fois. J'abandonne.

Un coup de feu résonna. Je me sentis faiblir. Je croyais avoir entendu d'autres coups de feu, sans en avoir la certitude. J'avais les mains pleines de sang. Le mien. Je sentais le froid pénétrer sous ma peau et imprégner mes os. Glaucome accéléré : le flou devint un écran gris. Le gris vira au noir. Un noir absolu, abyssal. Je n'entendais plus qu'un bruit blanc et le son du sang pompé dans mes ventricules et mes oreillettes. Il résonnait dans mes tympans. De plus en plus lentement. Le froid m'enveloppait. Tout s'achevait. J'étais certain que mon corps prostré, brisé, allait s'éteindre mollement dans la neige.

7

WALLACE

Mais il y a plus de dix ans que Jekyll est devenu un peu trop
excentrique à mon goût.
Il m'a semblé que quelque chose se détraquait dans son esprit.
Robert Louis Stevenson, *L'étrange cas du Docteur Jekyll*
et de M. Hyde

NOIR. DES VOIX IMPERCEPTIBLES. La scène s'éclaircissait sans devenir parfaitement claire. Comme l'image d'un téléviseur vétuste qui grésille. Ou au travers d'une lentille sale et poussiéreuse. Surexposée comme une photographie à contre-jour. Une classe. Des étudiants. L'air paraissait épais. Les têtes de gens flous et indistincts dans le brouillard. La seule portion où l'image était nette : le tableau noir.

L'enseignante y avait inscrit la date à la craie blanche. Septembre, quelques années avant l'infestation. Elle se retourna, passa une main dans ses courts cheveux noirs. On aurait pu penser qu'elle souriait à la classe, mais il était impossible de lire les traits de son visage.

— Bonjour et bienvenue au premier cours de votre baccalauréat en histoire, commença-t-elle.

La voix résonnait comme dans une grande chapelle :

— Vous trouverez une version électronique du plan de la session dans le site Web que nous allons survoler pas plus tard que maintenant. Au cours des prochains mois, vous aurez à travailler en équipes de quatre sur quelques projets. Je vous invite tout de suite à former des groupes, puisque nous allons commencer par un petit exercice ayant pour but de briser la glace et de tester vos connaissances générales sur l'Histoire du monde.

Parmi les étudiants, les visages de Jack et de Frank se distinguaient nettement. Il devenait possible de les différencier des autres. Comme si l'image du vieux poste de télévision n'avait aucune difficulté à obtenir une bonne réception pour ces personnages. Ils échangèrent un regard et se tournèrent vers les étudiants assis à côté d'eux, tandis que la professeure débitait les informations du cours.

— Vous voulez travailler en équipe ? demanda Frank.

— Pourquoi pas ? Je m'appelle Chad, et voici Maddie.

— Vous aurez besoin d'une feuille par équipe pour me soumettre vos réponses, expliqua l'enseignante en déposant sur le rétroprojecteur la liste des questions remue-méninges sur acétate exposées ci-dessous.

Qui était Gengis Khan ? Combien de temps a duré le Moyen Âge ? Nommez un personnage important de la Renaissance. Que s'est-il passé lors du débarquement de Normandie ? En quelles années a eu lieu la guerre froide, et quelles nations opposait-elle ? Qu'est-ce que l'apartheid ?

— Ne vous en faites pas ! Ce n'est pas une évaluation formelle. Le résultat ne sera pas pondéré dans votre note finale.

Les autres questions s'enchaînaient de cette manière : Qui était Mahatma Gandhi ? Quel fut le lien entre Rosa Parks et Martin Luther King Jr ? Quel évènement associe-t-on au détroit de Béring ? Qu'est-ce que la Pangée ?

Lorsque l'enseignante se retourna, d'imposantes mandibules de guêpe avaient remplacé sa bouche. Elle possédait désormais des yeux composés d'une myriade de facettes et trois petits ocelles à la place de ses yeux humains. Des antennes émergeaient du cuir chevelu. Sa peau avait laissé place à une cuirasse de chitine luisante, hérissée de petits poils drus. Pourtant personne ne broncha. La métamorphose n'avait suscité aucune réaction, sauf chez Jack et Frank, cloués sur leurs sièges. Comment expliquer l'absence de réaction des autres étudiants ? N'avaient-ils pas remarqué ? Même Maddie et Chad ! Comment pouvaient-ils tous être aveugles à ce point ?

Chaque groupe remplit le questionnaire de son mieux. Le premier à avoir terminé se leva et alla déposer sa feuille sur le bureau de la professeure.

L'enseignante étudia rapidement les réponses et pria un des étudiants de s'approcher.

— Vous avez écrit que Gengis Khan était pilote de brousse lors de la Première Guerre mondiale et que la Pangée est un plat traditionnel en Normandie ? demanda-t-elle sèchement.

— On ne savait pas quoi écrire, madame. On a écrit n'importe quoi.

— Ouais. L'histoire c'est pas juste mémoriser des trucs comme ça, renchérit un autre.

— Franchement, il y avait des questions vraiment pointilleuses, reprit le premier. On pensait que ce serait drôle.

— Manifestement… articula-t-elle en écartant ses mandibules pour les refermer sur le cou de l'étudiant. Vous avez un sens de l'humour qui laisse à désirer !

La tête roula sur le sol. Le sang gicla en de généreux bouillons écarlates. Les premières rangées, aspergées d'une pluie de gouttelettes rouges, prenaient le temps de répondre aux dernières questions sans faire de cas de ce qui s'était produit. Et les autres membres du groupe s'en allèrent comme si de rien n'était. Comme s'il s'agissait d'une décapitation académique parmi d'autres.

— Jack ? demanda Maddie en tendant un morceau de papier blanc ligné. Veux-tu aller lui porter notre feuille ? Tu m'entends ? Jack !

∾

— Jack ? poussa une petite voix.

Il ouvrit les yeux en sursaut. Nina, emmitouflée dans un énorme poncho en laine, était penchée au-dessus de son visage.

La pièce ressemblait davantage à un bureau qu'à une chambre à coucher. Sur les murs, des illustrations anatomiques d'arthropodes et des présentoirs muraux contenant de véritables insectes naturalisés contrastaient avec les dessins d'enfant au crayon de bois ajoutés ici et là avec du ruban adhésif.

Une série de cadres illustraient des arthropodes étiquetés de tailles variables provenant d'un peu partout autour du monde : hémiptères, coléoptères, diptères, hyménoptères, odonates, orthoptères, phasmoptères, mantoptères et lépidoptères, parmi bien d'autres. Tout près se trouvait le dessin d'un homme aux longs cheveux avec une barbe touffue. Le personnage à moitié recouvert portait un bandage sur l'épaule droite et des pansements tout le long de ses avantbras. On y lisait « Jack ». Sous le dessin, du fil de suture, des gazes stériles, de l'alcool, des gants, des pommades pour prévenir les infections et d'autres effets de premiers soins étaient posés sur la table de chevet.

— Enfin, t'es réveillé ! s'exclama la petite, débordante d'énergie. T'es resté endormi pendant longtemps !

Nina lui sauta au cou, mais Jack prit très vite conscience de sa blessure à l'épaule sur laquelle elle venait d'appuyer. Il tenta de se redresser dans le lit. Son corps endolori lui faisait l'effet d'une cage. Il avait mal partout, même à des muscles dont il n'avait jamais soupçonné l'existence. En étudiant la pièce, il remarqua le dessin qu'avait fait Nina pendant qu'il dormait.

— Jack, qu'est-ce qui s'est passé ? s'inquiéta Nina. Où sont les autres ?

Elle se renseignait innocemment. Elle n'avait pas idée de ce qui était arrivé. Les souvenirs de la poursuite traversèrent l'esprit de Jack. Il commençait à peine à comprendre qu'il était maintenant en sécurité. Mais il était loin d'être tranquille.

— Je te raconterai plus tard, se contenta-t-il de répondre en pinçant ses lèvres gercées.

Il ne parvenait pas à trouver les mots pour décrire la combinaison des récents évènements. Et il savait combien Nina aimait Maddie.

— Tes parents sont ici ?

— Ah ! Oui ! J'oubliais ! Je vais aller chercher tout le monde !

— Tout le monde ?

Nina disparut dans le couloir au pas de course. Jack reposa sa tête sur l'oreiller et palpa ses sinus douloureux. Il faisait bon et chaud dans la pièce grâce au dispositif de chauffage d'appoint en inox monté sur une bouteille de propane. Il vit qu'il n'était qu'en sous-vêtements sous la couette. Ses jeans et ses nombreuses épaisseurs de tissus en lambeaux, imbibés de sang et de sueur, avaient dû être jetés. Pourquoi les choses s'étaient-elles passées ainsi ? Pourquoi Maddie et Chad ? Et pourquoi pas lui ? L'appétit commençait à lui ronger l'estomac. Combien de temps était-il demeuré inconscient ? Où était-il ?

La pièce lui rappelait le bureau d'un ancien professeur de géographie. À la place des cartes topologiques ratissées d'isobares, on trouvait des figures sur la morphologie d'une myriade d'insectes. Il essaya de se relever une deuxième fois. Toute tentative était vaine. Il ne restait aucune force dans ce corps morcelé et tacheté d'ecchymoses. Il frissonna. Ses mains tremblaient.

Nina rejoignit ses parents dans une vaste cafétéria. Ils étaient tous habillés comme s'ils allaient skier dans les Alpes. Les tables et les chaises avaient été déplacées pour dégager un espace autour du foyer, où se consommaient quelques bûches. Devant le feu, on avait disposé des divans, des sacs de couchage, ainsi que des boîtes d'eau en bouteille et de vivres. Des couvertures isothermiques en polyester pendaient du plafond au plancher, disposées en demi-cercle autour du foyer. Elles permettaient de réduire les pertes de chaleur en réfléchissant les rayonnements infrarouges émanant du feu. Quelques carrés découpés dans les couvertures puis recouverts d'une pellicule de cellophane permettaient une certaine visibilité sur le reste de la pièce. Dans ce caisson chauffé et isolé, les parents de Nina discutaient avec Manjula.

— Maman ! Papa ! Jack est réveillé !

— Pas si fort, chuchota Lauren. Tu sais qu'il ne faut pas faire de bruit.

— Oups…

— Allez-y, proposa Manjula en prenant sur son dos le fusil de précision accoté contre son fauteuil. Je vais aller chercher le docteur Wallace.

Manjula s'engagea dans le couloir. Elle s'arrêta devant une porte sur laquelle apparaissait les nom et titre du Dr Charles Wallace. Elle tourna la poignée. Elle refusa d'ouvrir.

— Charles ? Le garçon s'est réveillé. Pourquoi tu gardes la porte barrée ?

Le docteur Wallace avait les yeux logés dans les objectifs oculaires de son microscope et le dos voûté. D'une main, il ajustait le foyer ; de l'autre, il dessinait sur un canevas. Un accessoire de dessin attaché au microscope permettait à l'observateur de tracer le contenu des oculaires tout en voyant sa feuille de papier, sa main inébranlable et son stylo à pointe fine. Il releva le menton et, à la lueur de quelques chandelles, contempla son croquis d'un air satisfait. Il s'agissait d'une structure interne de la guêpe, plus précisément celle qui lui conférait une immunité remarquable contre les substances nocives de son environnement : les tubes de Malpighi.

— Pourquoi je garde la porte verrouillée ? Allons, je vous épargne la vue des victimes de mes expériences précédentes, répondit-il sur un ton pince-sans-rire.

— On croirait entendre un savant fou. Ton sens de l'humour va finir par me tuer un jour, tu le sais ? plaisanta Manjula à travers la porte.

— Tu n'as peut-être pas tort, Manjula, dit le docteur Wallace.

Il émit un rictus glauque et releva la tête de son microscope connecté à une des énormes batteries jaunes adjacentes au bureau, relié à un groupe électrogène diesel. Un tuyau conduisait les oxydes de carbone jusque dans une des hottes. Il débrancha les câbles de l'appareil et posa son regard sur un terrarium à quelques décimètres de là. À l'intérieur, deux petites guêpes anthropophages mâles déchiquetaient frénétiquement une main humaine avec leurs mandibules. Wallace plaqua sa tête contre la vitre. Une des deux guêpes s'envola en furie, tentant par tous les moyens d'atteindre de son aiguillon acéré écumant quelques gouttes de venin le visage inexpressif du scientifique. Mais la petite guêpe était confinée dans son habitacle. Seules les femelles parvenaient à dégager l'énergie nécessaire pour effriter le verre.

— Tu n'as peut-être pas tort, répéta-t-il tout bas en posant sa main sur l'interrupteur de la lumière du terrarium.

— Alors ? T'arrives ou pas ?

Il jeta un dernier coup d'œil à la guêpe et, avant d'éteindre, il murmura :

— Ne t'inquiète pas. Je reviendrai.

Depuis l'infestation, le docteur Wallace se consacrait à la recherche, reclus dans son laboratoire. On aurait dit que la catastrophe mondiale l'avait immensément secoué, comme s'il n'était plus tout à fait connecté avec la réalité, comme s'il avait perdu une part de son humanité.

Il se leva, remit ses lunettes rectangulaires sur son nez et recouvrit d'une housse de protection une machine à écrire qui semblait dater de la Belle Époque. Le laboratoire comportait trois terrariums avec une ou deux guêpes mâles par bocal, ainsi qu'un pied ou une main à l'intérieur. D'un côté de la pièce, entre deux congélateurs hors d'usage, un immense récipient cylindrique contenait une gigantesque guêpe femelle qui baignait dans une substance liquide translucide où quelques bulles cheminaient périodiquement jusqu'à la surface. Le mur du fond affichait une réplique du *Radeau de la Méduse* de Théodore Géricault, une mappemonde grand format et quelques affiches sur diverses familles d'hyménoptères. De l'autre côté de la pièce, se trouvaient des filets et un tas de combinaisons semblables à celles des apiculteurs, quoique beaucoup plus robustes. Sur les comptoirs, à côté de la station de lavage oculaire et de la hotte pour manipulations de substances volatiles, l'équipement de laboratoire s'empilait : un capharnaüm de pipettes et de béchers, en plus d'alcool, d'acétate d'éthyle, de créosote, d'eau distillée, de résine de sapin baumier et de contenants hermétiques. On y trouvait aussi des trousses à dissection, des lames et des aiguilles, des boîtes de Petri, des seringues, des thermocycleurs, des filets et des pièges Malaise.

À côté de la cafetière, il y avait des catalogues de biologie et les dernières éditions parues des revues *Science*, *Nature* et *National Geographic*.

Il y avait une symétrie remarquable dans l'organisation spatiale de la pièce : le côté gauche était aussi extraordinairement désordonné que le droit. Lorsqu'il eut balayé du regard le fatras qui faisait office de laboratoire, le docteur Wallace retira son sarrau et éteignit les dernières chandelles. Il rejoignit ensuite Manjula dans le couloir, en refermant la porte à clé derrière lui, sans qu'elle puisse voir ce que renfermait la sinistre pièce exclusive au docteur.

8

LE LABORATOIRE

I was left to my own devices
Many days fell away with nothing to show
And the walls kept tumbling down
In the city that we love
Great clouds roll over the hills
Bringing darkness from above
Bastille, *Pompeii*

— MORTS ? BÉGAYA LAUREN refusant de croire Jack. Non...

— Oui, acquiesça Jack d'un air déboussolé. Maddie et Chad. Quant à Frank, je ne saurais pas me prononcer. Il m'a demandé de le retrouver à l'appartement deux jours après l'incident.

Jose, Lauren, Nina, le docteur Wallace et Manjula étaient foudroyés.

— Si je retrouve ceux qui les ont assassinés, reprit Jack, je les...

Il fut pris d'une quinte de toux grasse.

— Ils ne causeront plus d'ennuis, annonça Manjula d'une voix triste. C'est moi qui les ai... enfin... qui t'ai transporté ici avec Jose. C'est d'ailleurs lui qui t'a reconnu. On était sur les toits à proximité. On sortait pour chercher du matériel. Sans ça, tu serais mort dans cette rue.

— Je n'arrive pas à croire que Chad et Maddie soient partis, admit Jose. De braves gens...

Tous observèrent un moment de silence.

— Je ne sais pas quoi dire, confia Jack en se frottant la tête. Je commence à peine à m'en rendre compte. Au fait, vous ne m'avez toujours pas dit où nous sommes.

— Nous sommes au Département de sciences biologiques de l'Université de Montréal. En passant, je m'appelle Manjula. C'est moi qui suis chargée d'assurer la protection du docteur Wallace afin qu'il poursuive ses recherches.

— Pfft. Je peux très bien m'occuper de moi-même, rétorqua Wallace en faisant la moue.

— On ne s'est pas déjà rencontrés ? demanda Jack à Manjula.

— Lauren m'a dit que vous aviez rencontré ma sœur Kalyani. Elle travaillait au sein de la garde de la station de métro. Elle s'est battue jusqu'au bout pour défendre son unité. Avant tout ça, elle était dans les forces policières municipales. Mais son groupe d'intervention s'est dissous. Après l'infestation, les gens voulaient retourner auprès de leurs proches, c'est compréhensible.

— Je suis désolé.

— Ça va, prétendit Manjula qui ne tenait pas à s'étendre sur le sujet. Et voici le docteur Wallace, enchaîna-t-elle en le désignant du regard pour détourner la conversation.

— Docteur Wallace ? C'est donc vous qui m'avez soigné ?

— Non. Docteur comme dans doctorant. En biologie, précisa-t-il. Mon domaine d'expertise est l'entomologie, l'étude des insectes. Ce qui explique les affiches sur les murs. Nous sommes dans le bureau, l'ancien bureau devrais-je dire, d'un ancien collègue. C'est Lauren qui vous a recousu, désinfecté et couvert de pansements.

— Tu as eu de la chance d'être inconscient pendant que je te faisais les points de suture, ajouta Lauren. C'était de sales coupures.

— Entomologiste ? répéta Jack. Oui, ça y est ! Je me souviens d'avoir lu un de vos articles vulgarisé dans la presse.

— Possible. J'ai été interviewé à quelques reprises sur mes recherches, en particulier sur les vespidés vu les circonstances, répondit Wallace.

Le scientifique parlait d'un ton froid comme s'il était dédaigneux des autres humains. On aurait dit qu'il avait hâte d'être ailleurs.

— Avez-vous trouvé ce qui a causé l'infestation ?

— Pour être franc, je n'en ai pas la moindre idée. J'ai entendu des hypothèses de modifications de séquences codantes génomiques formulées par des extrémistes environnementalistes. On a aussi parlé de bioterrorisme, de mutation éclair, de rayonnements ionisants d'origine extraterrestre...

— Et il refuse de considérer la possibilité d'un châtiment divin, ajouta Lauren. Vous savez, docteur, il y a des mystères qui ne sont pas faits pour être expliqués, hors de notre champ de compréhension...

— Ne soyez pas ridicule, répliqua Wallace d'un ton moqueur. Ce n'est pas parce que la science moderne ne peut expliquer un phénomène avec les données qu'elle possède au moment présent qu'il faut soudainement invoquer une cause métaphysique. Rien ne se crée *ex nihilo*. Dieu, ce n'est au mieux qu'une invention pour consoler l'homme qui n'admet pas qu'il n'y ait pas de sens à son existence banale, qu'il vit sur une vieille roche parmi tant d'autres et qu'il ne possède pas les réponses aux questions fondamentales sur l'origine de son univers ou sa finalité. Alors, ne venez pas me parler d'intervention divine !

— Ce n'était qu'une hypothèse, répondit Lauren sur la défensive.

— Non, ce n'est pas une hypothèse ! renchérit Wallace du tac au tac. C'est une insulte à toutes les hypothèses qui existent, qui ont existé et qui vont exister !

— Ça suffit ! s'écria Manjula. Ce n'est pas parce que tes recherches ne rendent pas de résultats significatifs que tu es obligé d'être aussi désagréable.

— Vous avez raison, mes recherches ne servent à rien. Allez tous vous faire...

Le vieil homme grimaça et s'en alla en maugréant. Jack le considéra d'un air perplexe. Chacun s'était tiré une chaise autour du lit.

— Comment parvenez-vous à survivre ici ? reprit Jack. Tout le monde raconte que les laboratoires de biologie ne sont pas sécuritaires à cause des résidus des pesticides employés dans les tests contre les insectes. Comment se fait-il que cet endroit n'ait pas encore été pillé ?

— Tu es en sécurité, Jack, assura Manjula. Tu as raison, mais l'extérieur est tapissé d'affiches indiquant que le lieu est dangereux. Notamment des affiches indiquant la présence de résidus toxiques. Et certains laboratoires le sont réellement. Nous avons simplement étendu la vérité un peu au-delà des faits. Pour garder les entrées, le docteur Wallace a élaboré des pièges d'acide nitrique, gracieuseté du Département de chimie... Crois-moi, je plains l'âme maudite qui devrait déclencher un des mécanismes.

— Et que mangez-vous ? À vrai dire, je meurs de faim !

— Voilà ! dit Lauren en lui tendant un bol rempli d'étranges céréales sèches et une soupe aux lentilles en conserve chauffée sur le réchaud.

— Qu'est-ce que c'est que ça ? demanda Jack en portant un des flocons à sa bouche.

Tout le monde éprouva un léger malaise. Cela lui rappelait les céréales à haute teneur en fibres que ses parents avaient l'audace de servir au petit-déjeuner. Il se contenta de les avaler le plus vite possible.

— C'est l'alimentation des animaux des laboratoires de zoologie, avoua Lauren mal à l'aise. Il y en a en quantité industrielle et ça contient tous les nutriments que ton corps requiert. Pour le goût, on repassera.

— Vous n'êtes pas sérieux...

— C'est dégueulasse, précisa Nina en levant le nez.

— Mais c'est ce qui va nous permettre de rester en vie, conclut le père d'une voix grave.

— On a aussi quelques conserves comme tu peux le constater, expliqua la mère. Tu peux en prendre une de temps en temps ; pas trop, on essaie de faire durer les réserves.

Jack déglutit difficilement, autant l'information que la nourriture odorante, et il s'empressa d'avaler une gorgée de soupe chaude pour faire passer le goût.

— Jose, Lauren, Nina, comment vous êtes-vous retrouvés ici ? demanda Jack espérant se distraire suffisamment pour pouvoir oublier l'affreuse texture sur ses papilles gustatives.

— Quand la sœur de Manjula a vu que la situation du métro dégénérait, elle nous a envoyés ici. Le lieu était tenu secret pour permettre à Charles de poursuivre ses recherches. J'imagine qu'elle en a parlé à d'autres, mais nous sommes les seuls à y être parvenus.

Jack hocha la tête en repensant à toutes les personnes qui avaient dû périr cette journée-là. Tant de morts en si peu de temps.

— Donc, Manjula, tu étais dans l'armée ou... ? demanda Jack en regardant le fusil qu'elle portait à l'épaule.

— Absolument pas. J'étais journaliste. Mon père avait un collègue qui nous invitait à son chalet en Abitibi-

Témiscamingue dans le temps de la chasse lorsque j'étais adolescente. J'ai passé des heures à pratiquer sur des cibles en papier, or je n'ai jamais été attirée par la chasse en tant que telle.

Jack sentit la fatigue le gagner. Il avait uniquement envie d'être seul et de se reposer.

— Une dernière chose, dit-il l'air soucieux. Demain, je devais retrouver Frank…

— J'irai, déclara Manjula sous le regard stupéfait de Jack. Tu n'as qu'à me dire où. Je t'apporte un papier et un crayon tout de suite.

— Merci… Merci beaucoup.

Ils laissèrent Jack qui goba des médicaments antidouleur et s'endormit.

∾

— Jack, on soupe ! appela la mère.

Jack descendit du saule où il était perché avec sa console de jeu vidéo portable et atterrit dans les hautes herbes. Le décor était vaporeux et indéfini. Encore l'image du vieux poste de télévision qui grésille. Une couleuvre floue s'enfuit en vitesse. Jack glissa la Game Boy dans sa poche et se précipita vers le voilier amarré au quai de bois. Il s'assit sous la bâche bleue dans le poste de pilotage avec sa sœur et sa mère. La trame d'une cassette de ZZ Top sortait des haut-parleurs du bateau en musique de fond. Le père lui tendit une assiette de perchaude et de riz aux légumes. En observant sa famille, il remarqua qu'ils avaient tous l'air bien plus jeune que dans ses souvenirs. Leurs visages étaient plus clairs que le reste de l'environnement. En prenant les couverts dans ses petites mains d'enfant, Jack se rendit compte qu'il n'avait pas plus de 12 ans.

— Les vacances achèvent, observa son père en venant s'asseoir à côté de sa fille avec sa propre assiette. Prêts pour le retour à l'école ?

— Bof, fit la petite sœur. J'aime bien être ici.

— C'est vrai que c'est une belle île, Main Duck, hein ? ajouta-t-il tout sourire.

— On reste encore longtemps ? demanda Jack avec enthousiasme.

— Deux nuits. Si tu veux, après le souper, on ira jusqu'au phare.

L'île formait un croissant ouvert du côté nord-est. L'intérieur comptait quelques petites baies où mouillaient de rares bateaux. Qui connaissait l'endroit ? Difficile à dire. Encore fallait-il y accéder. Cet ancien camp de pêche saisonnier, abandonné au début du 19e siècle pour devenir des années plus tard une aire de conservation, était si isolé que Jack y rencontrait très peu de visiteurs. Les derniers, il y avait quelques semaines de cela, étaient un couple de naturistes qu'il avait surpris par mégarde alors qu'il cherchait des tortues, équipé de son filet.

La face nord était plus large que celle au sud, et une falaise escarpée offrait un belvédère qui surplombait les baies intérieures. Un peu plus au sud, se trouvait un phare entretenu annuellement par Parcs Canada, alimenté par un circuit de panneaux solaires. Entre la falaise et le phare, la côte nord était occupée par un quai rocailleux construit lorsque des pêcheurs y avaient établi une colonie. Aujourd'hui, il n'en restait que des vestiges rongés par les vagues. Les dernières habitations s'étaient écroulées ou avaient été incendiées, ne laissant que les fondations et la cheminée en pierres des champs comme reliques du passé.

Près du phare, une mare se remplissait lorsque l'eau montait, au printemps, et parfois de gigantesques carpes s'y retrouvaient prisonnières à mesure que l'été avançait et que l'eau redescendait. Alors, Jack et sa sœur prenaient plaisir à les pourchasser. La facette sud du croissant était frappée par de hautes vagues atteignant jusqu'à un mètre et demi lors des journées de grands vents. De ce côté, la pente faiblement inclinée permettait d'avancer sur une centaine de mètres avant d'avoir de l'eau au-dessus du nombril. Il n'y avait aucun sentier sur le côté est, de sorte que la famille ne l'avait jamais énormément exploré. En contraste avec les rivages luxuriants de verdure, l'intérieur de l'île abritait plutôt des broussailles sèches et des arbustes. En tout et pour tout, elle mesurait à peine plus de deux kilomètres carrés. Une journée suffisait largement à en faire le tour.

— On est vraiment obligés de partir ? demanda la sœur.

— Il faut bien rentrer un jour, ma belle, répondit la mère en lui essuyant le bord de la bouche. Tiens, c'est nouveau ça ?

Elle pointait du doigt la barre sur laquelle s'était posée une petite guêpe anthropophage. Jack sursauta.

— N'y touchez pas ! s'écria Jack. Rentrez à l'intérieur ! Il faut se cacher dans le bateau. Dépêchez-vous !

— Voyons, Jack, dit son père d'un ton inquisiteur en approchant son doigt de l'insecte. Ce n'est qu'une petite bestiole bien inoffensive. Tu en as déjà attrapé quelques-unes avec ton filet. Tu sais bien qu'il y a des guêpes ici.

L'animal grimpa sur l'index du père. Il planta ses mandibules dans sa chair et un filet de sang gicla en l'air.

— Tu vois, cette bestiole est complètement inoffensive, rigola le père en regardant la guêpe s'envoler avec pas moins que son doigt en entier.

— Papa ! Tu saignes ! cria Jack.

— Ce n'est qu'une égratignure, répondit-il en continuant de manger sans prêter attention au sang qui dégoulinait dans son assiette et sur le pont.

— Papa ! Il y en a d'autres ! insista Jack en pointant l'index vers l'horizon noirci par un nuage d'insectes.

Le père se retourna et éclata de rire comme s'il avait entendu la blague la plus hilarante du monde. Il regarda sa femme et sa fille et pouffa de rire de plus belle. Elles aussi se mirent à s'esclaffer. Et plus le père riait, plus sa voix devenait grave et rauque. Si bien que Jack crut reconnaître le gloussement sardonique de Charles Wallace.

∾

Jack ouvrit les yeux en poussant un hurlement involontaire. Il essaya de se lever. Son corps ankylosé refusait d'obéir. Au mieux, il parvint à se redresser dans son lit. Son front était moins chaud qu'avant. Ses douleurs musculaires étaient maintenant endurables. Manjula accourut dans la chambre.

— Tout va bien ? s'enquit-elle, inquiète.

— Un mauvais rêve, rien d'important, mentit Jack comme si tout allait bien.

— Je viens de rentrer il y a tout juste quinze minutes.

— Tu l'as trouvé ? demanda Jack bien qu'il se doutait de la réponse.

— Non, pas encore, avoua Manjula, la mine basse. Je ne faisais que rentrer pour me réchauffer. J'y retourne dans une demi-heure.

— Merci…

Manjula vint s'asseoir au bord du lit. Elle posa brièvement sa main sur le front de Jack.

— Désolé pour Wallace hier, s'excusa Manjula d'une voix douce. Il est parfois un peu brusque dans sa façon de parler. Ce n'est pas une mauvaise personne.

— Je ne le sens pas, grimaça Jack. Son attitude me dérange. Qu'ai-je fait pour l'offenser ? D'ailleurs, pourquoi t'excuses-tu pour lui ? Je ne comprends pas. Comment l'érudit chevronné qu'il prétend être, un éminent entomologiste comme lui, peut-il se conduire de manière si rustre, froide et distante ? Ne viens pas me dire que tu ne trouves pas cela étrange de la part d'un chercheur aussi prestigieux. Je veux dire, j'aurais pensé que quelqu'un de son statut aurait été un peu plus...

— Un peu plus ?

— Aimable.

— Combien de docteurs comme lui as-tu eu la chance de connaître ? Le nombre de diplômes n'influe en rien sur le caractère d'un individu. Rassure-toi, il y a des docteurs très bien. Je dirais même que la plupart de ceux que j'ai interviewés dans ma carrière ont été très généreux de leur personne. Mais il y a des gens qui passent leur vie à s'élever au-dessus des autres au profit d'une illusion de supériorité, qui leur procure un plaisir malsain qui vient satisfaire leur besoin. Certains hommes s'enorgueillissent et se complaisent à dénigrer les autres depuis la montagne de leur savoir. Ce n'est pas parce que l'on connaît un tas de choses qu'on est forcément affable et capable d'empathie. Charles n'a pas toujours été ainsi. Il a beaucoup changé depuis que je le connais. J'avais écrit un article sur lui lors de la catastrophe. Il n'a jamais été sous presse puisque... Bon, tu sais ce qui est arrivé. L'émergence et la mutation. Enfin, je concède qu'il est un peu étrange sur les bords. Il a aussi ses atouts.

— Quels sont ses points forts ?

Jack l'avait prise au dépourvu.

— On a tous nos raisons d'agir comme on le fait, tu sais, reprit-elle. Personne n'est parfait. Enfin, l'important c'est que tu te reposes. Ensuite, tu verras. C'est mieux que tu voies tout de tes propres yeux.

— Voir quoi ?

— Repose-toi, répéta Manjula de sa voix calme en esquissant un sourire énigmatique. Je retourne dehors voir si je peux retrouver la trace de Frank.

Jack trouva encore le sommeil après avoir mastiqué les horribles céréales sèches et avoir bu un peu d'eau. Pas un sommeil apaisant ou réparateur, mais saccadé et nerveux. Des images rétrospectives de la rue où il s'était écroulé, lacéré de partout. L'impression incessante que les coups de couteau prenaient vie. Les cicatrices recousues lui démangeaient. Des réveils en panique, la sensation alarmante de ne pas être en sécurité. D'être entouré d'ombres dans une pièce vide. Il ne se souvenait pas de la dernière fois qu'il avait aussi mal dormi. Lorsqu'il se réveilla, il parvint enfin à se tenir debout avec un point d'appui.

— Y'a quelqu'un ? demanda Jack.

Manjula réapparut dans la chambre.

— Frank ? murmura Jack avec la gorge sèche.

— Toujours pas de nouvelles, avoua-t-elle, mal à l'aise. Mais j'ai récupéré vos sacs dans le bureau où vous les aviez cachés.

— Ah... dit-il en essayant de contenir son irritabilité.

— Et si on te montrait le laboratoire ?

Elle aida Jack à s'habiller chaudement et à faire quelques pas. Voyant qu'il se débrouillait sans trop de difficultés en s'appuyant contre le mur, elle lui indiqua le chemin. Ils traversèrent un long couloir rempli de portes qui donnaient sur d'autres bureaux comme celui où dormait Jack. En passant par la cafétéria qui sentait le feu de bois, ils saluèrent Nina, Lauren et Jose. Puis, ils atteignirent le bureau du docteur Wallace. Ils cognèrent à la porte encore verrouillée.

— Qu'est-ce qu'il y a ? grinça la voix caustique de Wallace.

— Jack est debout, annonça-t-elle à travers la porte. C'est à son tour de voir le laboratoire.

— Je suis scientifique, Manjula. Pas guide touristique !

— Allez, Charles, insista-t-elle en parlant plus fort. On l'a tous déjà vu une fois. Ce serait une bonne idée que Jack apprenne ce qu'on sait à propos des guêpes.

On entendit le scientifique soupirer.

— Cinq minutes, dit Wallace en entrebâillant la porte.

— Cinq, répondit Manjula en la poussant.

Jack écarquilla les yeux en apercevant les nombreux contenants de membres humains en lambeaux, rongés par les guêpes. Du moins ce qu'il en restait. Cette vision lui glaça le sang, mais pas plus que l'immense spécimen dans le grand cylindre de verre parmi le bric-à-brac d'équipement de laboratoire et d'appareils sophistiqués qui ne servaient plus à grand-chose avec une réserve limitée d'électricité. Il lui rappelait la guêpe qu'il avait écrasée dans un piano avec Chad quelques mois plus tôt.

— Je n'aime pas quand les gens viennent ici, avertit Wallace avec acrimonie. C'est seulement pour t'expliquer certaines choses que tu as la permission d'être ici, c'est compris ?

Jack hocha la tête.

— C'est très… impressionnant, remarqua-t-il en tentant d'engager la conversation.

Le scientifique fit la sourde oreille. Jack était absorbé par la guêpe géante en suspension dans le liquide translucide.

— C'est un spécimen femelle qui sert d'holotype, décréta fièrement Wallace. Capturé ici même à Montréal, préservé dans une solution d'éthanol.

— Et les terrariums ? s'informa Jack en fronçant les sourcils. D'ou viennent ces… Je veux dire les…

— Tu te souviens de l'homme qui te pourchassait ? C'est une chance que Manjula l'ait neutralisé, confia Wallace. Je n'aurai plus besoin de donner mon propre sang à ces bestioles pour les garder en vie, ajouta-t-il en indiquant un cabaret avec des seringues sur le comptoir. Ou du moins pour essayer de les garder en vie. Car j'ai beau leur fournir du sang humain en abondance, l'état de ces sacrées bestioles se détériore de jour en jour, de plus en plus rapidement.

— Pourquoi les maintenir vivantes ? questionna Jack, à qui la chose répugnait.

— Pour mes études comportementales, voyons ! répondit-il comme s'il s'agissait d'une évidence en rassemblant quelques notes dactylographiées. D'ailleurs, j'ai dit que je vous accordais cinq minutes, pas plus. Après, vous me laissez tranquille. Aussi bien commencer maintenant. Jack, ce que je vais te dire n'a jamais été diffusé, car mes recherches datent de la fin de l'été, lorsqu'il n'y avait plus d'électricité, d'Internet ou de réseaux téléphoniques.

Jack acquiesça.

— Les insectes de l'infestation ressemblent aux hyménoptères de la famille Vespidae. On les appelle les guêpes anthropophages. On utilise le nom vernaculaire, puisque personne ne leur a donné de nom latin selon la nomenclature binomiale. Quoi de plus normal, aucune espèce cataloguée n'y ressemble ! C'est ce que nous ont appris les études morphologiques et génétiques. Cette espèce ravageuse démontre une protandrie marquée, c'est-à-dire que les mâles arrivent à maturation avant les femelles. Je ne t'apprends rien en te disant qu'au premier stade de l'infestation, les mâles ont causé des ravages dans les cultures agricoles mondiales. Or, l'été dernier, nous avons commis l'erreur de croire qu'elles consommaient directement les plantes des champs qu'elles dépouillaient. C'était faux. Elles sont incapables de digérer la paroi pectocellulosique des cellules végétales.

« En vérité, ce qu'elles récoltaient dans les champs alimentait un fongus, un mycète, une moisissure qui croît dans leur ruche, avec lequel la colonie entretient une relation symbiotique obligatoire. En échange, le champignon leur fournissait tout ce dont elles ont besoin : des protéines, du glycogène, d'autres glucides, de l'acide linoléique, de l'acide palmitique et d'autres composés. Et cette interaction se produisait dans leur ruche, où personne n'était allé voir auparavant. J'ai mal au cœur rien qu'à penser à tous les efforts déployés pour développer des insecticides qui n'ont servi à rien, alors qu'on aurait pu développer des fongicides… Un champignon ! Tu te rends compte ! »

— Mais comment avez-vous appris son existence ? répliqua Jack qui peinait à assimiler toute l'information. Est-ce que quelqu'un est déjà parvenu à entrer dans une ruche ? Et comment ces insectes ont-ils réussi à résister aux dosages si élevés d'insecticides ?

— Ralentis, j'y arrive. Je n'ai pas encore bien compris le mécanisme de la mutation, ce qui m'amène à te parler de la deuxième phase de l'infestation. Je crois qu'une fois toute la source de nourriture agricole disparue, le champignon a connu un stress déclenché par la sous-alimentation. Le stress était le mutagène, l'agent qui a catalysé le processus de mutation. Le stimulus, si tu préfères. Par conséquent, le mycète a accepté de convertir une nouvelle substance pour les guêpes : le sang humain en un nectar qui agit comme une sorte d'élixir assurant la perpétuation des insectes ravageurs. J'appelle ce phénomène : le *vampirisme fongique*. Ne me demande pas pourquoi les guêpes n'ont pas attaqué les autres animaux. Peut-être à cause de la présence d'une molécule spécifique à notre espèce parmi les hominidés ? Je l'ignore. Bref, au moment de découvrir l'existence de la moisissure, nous avions déjà perdu plus de la moitié de la population mondiale et des services essentiels comme l'électricité. J'ai perdu contact avec les autres équipes de recherche disséminées dans le monde. Maintenant, je doute que je puisse développer le fongicide seul. Encore me faudrait-il des échantillons frais... Quant à mes spécimens encore en vie, ils se meurent et j'en perds de semaine en semaine. C'est ce qui se produit lorsqu'on les prive de leur élixir. Ils tolèrent mal le sevrage. Ces pauvres diables dans les terrariums ont des périodes d'agressivité aiguë, suivies d'un laps de temps de passivité de plus en plus long. C'est étonnant qu'ils soient encore vivants.

— Et la résistance des insectes aux insecticides ? lui demanda Jack. Vous croyez qu'ils sont véritablement indestructibles par ce moyen ?

— En plus d'une sclérification remarquable leur conférant un exosquelette très solide, les guêpes sont dotées d'une glande métapleurale extrêmement efficace. Il s'agit d'un tissu capable de sécréter des substances qui forment une barrière entre l'individu et son environnement. Un bouclier, en quelque sorte. Je n'ai jamais vu ça auparavant, du moins à un tel degré. Il faut reconnaître qu'ils sont plutôt fascinants, hein ! Leurs tubes de Malpighi sont des systèmes d'évacuation de toxines absolument phénoménaux. Leur hémolymphe coagule à une vitesse exceptionnelle ; vous pourriez les viser une bonne dizaine de fois avant de leur infliger du dégât, à condition bien sûr de pouvoir atteindre une cible en mouvement grâce à d'excellents réflexes. Les mots me manquent... pour te dire à quel point ils sont fascinants.

Glande de machin chose et tubes de salsifis ? Charles Wallace avait l'air d'un savant lunatique, tantôt plongé avec son air penseur dans ses fantasmes entomologiques, tantôt débitant son galimatias d'explications qui évoquaient l'imaginaire et le fantastique de l'extraterrestre de Ridley Scott dans *Alien* plutôt que du réalisme. Disons même Scott rencontrant les oiseaux du film de volatiles d'Alfred Hitchcock.

— À propos de l'existence du champignon, enchaîna Jack en essayant de mettre de côté la dimension rocambolesque, n'alliez-vous pas me dire comment vous l'avez découvert ?

— Une équipe de recherche en Norvège est parvenue à s'infiltrer dans une ruche en portant des combinaisons résistantes. Non pas sans pertes, c'est certain… Ils ont simplement prélevé des échantillons. Enfin, ils ont sûrement conduit des analyses. Malheureusement, nous ne sommes plus en communication depuis des mois et…

— Et ?

— Et je crois que ça fait plus que cinq minutes. De toute façon, vous en savez autant que moi maintenant. Je n'ai plus rien à vous enseigner et je n'ai pas envie qu'on me dérange plus longtemps. Allez, vous savez où se trouve la porte. Vous savez aussi ce qu'est une poignée. Et j'estime avec un haut degré de confiance que le verbe fermer fait partie de votre vocabulaire. Bonne journée.

Jack insista. Wallace ne voulait rien entendre.

— Une dernière question ! ajouta Jack. Comment se fait-il que je n'aie pas vu de ruche à Montréal ?

— Oh ! Il y en a. Demande à Manjula de t'en montrer une quand tu seras rétabli, répondit Wallace en lui fermant la porte au nez.

Jack se sentit étourdi à force de déchiffrer les hiéroglyphes verbaux du chercheur et il crut bon d'aller s'allonger. Manjula l'escorta.

— Il est un peu bizarre, le docteur Wallace, tu ne trouves pas ? fit remarquer Jack. Je n'ai pas tout compris de ses élucubrations…

— Il est obsédé par ses recherches, reconnut Manjula. Ce n'est pas quelqu'un de méchant. Je crois qu'il a vécu l'infestation assez difficilement. Ce n'est pas tout le monde qui gère les évènements sinistres aussi bien. Il avait une femme et des enfants. Nous avons tous perdu des gens, toi et moi y compris. Nous avons tous vécu ce drame. Tous ceux qui ont survécu. Et rassembler la force qu'il nous reste pour continuer à avancer demande beaucoup d'efforts. Je ne t'apprends rien.

— Mais qu'est-ce qu'il cherche au juste ? rétorqua Jack sans envie de repenser aux personnes disparues qu'il connaissait. Il a dit lui-même qu'il ne pouvait pas fabriquer un fongicide…

— Trois choses. Il cherche à savoir comment les insectes ont émergé partout sur terre en un si court laps de temps ; il veut connaître leur mode de reproduction ; enfin, il veut en savoir plus sur le fongus symbiotique.

— Frank, Maddie, Chad et moi avons toujours cru qu'ils avaient une reine pondeuse d'œufs.

— C'est une théorie. Mais les chercheurs norvégiens n'ont jamais trouvé de reine dans la ruche qu'ils ont explorée.

— Et… il a une idée d'où allaient les guêpes durant la nuit ?

— Dans leur ruche… ou n'importe quel endroit qui leur permette de se tapir et d'être à couvert. Mais il y avait toujours des individus actifs pour protéger la colonie en cas d'assaut. Wallace raconte que toutes les tentatives de destruction des nids ont échoué.

Sur ces mots, Manjula laissa Jack se reposer. Il s'étendit et pensa à ses amis dont il venait d'évoquer les noms, sans savoir si un jour il reverrait Frank. Son regard se posa sur les sacs à dos.

C'est injuste qu'ils soient morts, se dit-il en les ramassant. *Tout ce qui est arrivé, ça me dépasse.* À l'intérieur du sac de Frank, il trouva une bouteille de rhum qu'il se surprit à déboucher, avant d'en boire une généreuse lampée. Il y trouva l'album illustré *Le Crabe aux pinces d'or*, où Tintin rencontre le capitaine Haddock pour la première fois. Dans son propre sac, il prit son journal et le feuilleta avec désintérêt. Une autre rasade de rhum. Bien vite, il se lassa et attrapa la bande dessinée. Frank avait remplacé les pages par celles d'une revue pour adultes. *Pourquoi ne suis-je pas étonné ?* songea-t-il. *C'est typique de Frank.*

Nina apparut dans le cadre de porte. Constatant que Jack était réveillé, elle grimpa sur le lit tandis qu'il se hâtait de dissimuler dans les couvertures l'album altéré et la bouteille dont le contenu avait déjà diminué.

— Tu fais quoi ? demanda-t-elle.

— Je réfléchissais. Toi, qu'est-ce que tu fais ici ? Tu n'es pas avec ta mère et ton père ?

— Je ne sais pas. C'est bizarre avec eux. Ils arrêtent de parler quand je suis là. Et papa est… juste bizarre depuis que c'est arrivé. À quoi pensais-tu ?

— À… à mes amis.

— Les miens aussi sont morts, dit-elle avec un détachement incongru, surtout pour son âge.

— Pardon ?

— À l'école. Il y avait Jacob, Sara, Philippe, Ibrahim, Émilie… Maintenant, ils sont plus là.

— Je suis désolé, fit Jack, faute de savoir quoi répondre.

— Moi aussi, renchérit Nina. Mais je suis contente que tu sois là. Maman dit qu'il faut toujours se concentrer sur le côté positif.

La petite de huit ans possédait la capacité de passer d'un sujet à un autre et une sérénité étrangement mature qui décontenançait Jack mais qui le calmait tout autant. Comme si elle comprenait l'amplitude de la situation, déjà, à son âge. Les enfants nous surprennent comme ça, parfois.

— Et toi, Nina, tu as une idée de ce qui s'est passé l'été dernier ? Pourquoi est-ce arrivé ?

— Je ne sais pas… Peut-être que la Terre envoie un message.

— Un message ?

— Oui, les guêpes. Mes parents disaient toujours qu'on polluait trop. Ils disaient que les gens ne faisaient pas assez attention. Peut-être qu'on a atteint la limite de la Terre et que c'est sa façon de nous communiquer sa colère.

Jack ne put s'empêcher de sourire devant l'explication élémentaire de Nina.

— Jack, aimerais-tu rencontrer le professeur Sydney ? demanda Nina avec un reflet de malice dans les yeux.

— Euh oui, bien sûr, répondit-il.

Lui qui croyait avoir rencontré tous les membres du nouveau groupe.

— Tu dois me promettre de ne pas en parler à mes parents !

— D'accord, promit Jack perplexe.

Nina sortit de la chambre en sautillant. À cet instant, Jack se rappela combien elle lui faisait penser à sa propre sœur. Pétillante et incapable de rester en place. Nina revint en moins de deux. Elle ouvrit le sac qu'elle portait et un museau fit surface. En prenant l'opossum au pelage caramel dans ses bras, elle se rapprocha et chuchota à l'oreille du petit animal :

— Professeur Sydney, je vous présente monsieur Jack.

PARTIE II

9

Extrait n° 2 du journal de Jack

Comme il est facile d'admettre l'invraisemblable, avec un peu d'habitude !
Richard Matheson, *Je suis une légende*

17 décembre

J'AI TOUJOURS CRU *faire partie de ces gens qui savent ce qu'ils veulent faire de leur vie. Depuis mon tout jeune âge, les explorateurs me fascinent. Particulièrement ceux qui ont posé le pied en terre inconnue, en Antarctique au début du 20ᵉ siècle, comme le marin norvégien Roald Amundsen, le docteur Frederick Cook et le capitaine Robert Falcon Scott. Je ne saurais expliquer pourquoi. C'est ce qui m'a amené à m'intéresser à la géographie, à la relation entre le territoire et ses habitants.*

J'avais un plan après l'université. Partir en voyage en Amérique du Sud. Argentine, Chili, Pérou, Bolivie, Paraguay, Brésil... Hier, j'ai trouvé un dépliant sur les programmes d'échanges internationaux sur un des babillards du département. Ça m'a rappelé les projets étudiants que j'avais l'intention d'entreprendre. Mais maintenant, je ne sais plus à quoi m'en tenir. Je ne verrai peut-être jamais les Andes.

Les choses que je ne ferai pas : comment ne pas y penser ? Je peine à imaginer comment quelqu'un peut élever un enfant aujourd'hui. L'anxiété que doivent vivre Lauren et Jose est pour le moins singulière. On ne peut pas espérer retrouver une vie normale. Il faut se faire à l'idée. Je ne verrai jamais les Andes.

Je me souviens des derniers mots que j'ai échangés avec ma sœur, ma mère et mon père. Le jour de l'émergence des guêpes femelles. Je repense souvent à cette conversation jusqu'à ce que la ligne coupe. Ils étaient inquiets. Mon père me répétait de rester avec le groupe, de rester en sécurité. J'ai essayé. J'ai échoué. Où sont-ils rendus ? Je me demande ce qu'ils font. S'ils ont réussi à se trouver un coin tranquille, s'ils ont assez chaud et suffisamment à manger. Sont-ils parvenus à rejoindre l'île ? Ont-ils seulement réussi à survivre assez longtemps pour s'y rendre ? Sont-ils seuls là-bas ? À m'attendre ou à ériger une croix en bois à ma mémoire ? Ou bien n'y trouverai-je qu'une île déserte où m'échouer ? Je serais alors Crusoé cherchant Vendredi futilement, car il n'y aurait pas un homme à des kilomètres à la ronde. Mais si je ne trouve pas ce que je cherche sur cette île, ce serait pour le mieux si personne n'assistait à mon naufrage.

L'infestation a tout balayé. Mes rêves de collégien, les gens que j'aimais. Même les lieux que je connaissais sont devenus méconnaissables après les séismes et l'invasion de ces saloperies d'insectes. Il ne reste que des résidus de l'ancien monde. Des mirages. J'ai perdu mes repères. Dès le jour de l'infestation, j'y ai laissé une partie de moi. On l'a tous vécu. Tous ceux qui ont survécu. Manjula l'a dit. Nous ne sommes plus les mêmes. Je ne devrais pas être aussi critique envers Wallace. Quand tout ce que tu as toujours tenu pour acquis s'effondre, que reste-t-il ? Je n'en sais rien. Que me reste-t-il ? Cette foutue île. Mon eldorado. Cette entreprise scabreuse. Voilà ce qu'il me reste.

Quand le temps viendra, je proposerai à ces gens qui m'ont accueilli, qui m'ont sauvé la vie, de m'accompagner jusqu'à Main Duck Island. S'ils ne veulent pas m'accompagner, j'irai sans eux. Je me rendrai à l'île ou je mourrai en essayant. C'est mieux que de vivre dans la peur.

∾

Cela fait environ une semaine que je suis au Département de sciences biologiques de la Faculté des Arts et des Sciences de l'Université de Montréal. La convalescence se passe bien. Je trouve que mes plaies ont bien cicatrisé. Lauren m'apprend qu'elle va bientôt retirer les points de suture. Ça va laisser des marques. La fièvre commence à s'estomper. Je marche un peu plus chaque jour. Si je vais de mieux en mieux, un phénomène inverse semble se produire en Wallace. L'olibrius a commencé à tousser il y a quelques jours. On dirait une pneumonie. On ne le voit presque pas. Il reste cloîtré dans son laboratoire. Il y entre le matin et n'en sort que tard le soir. Parfois, il dort avec ses insectes. Il ne parle pas beaucoup. J'ai du mal à le cerner.

Mon quotidien se limite à attendre le retour de Manjula qui passe ses journées à chercher Frank. Je me sens mal. Je sais bien que l'on risque sa vie chaque fois qu'on sort. Alors je me dis que, dans quelques jours, je serai capable de l'accompagner. Quant aux autres, ils lisent beaucoup. Lauren dessine bien. Je ne la savais pas aussi artistique. Parfois, on joue aux cartes. Quand Jose et elle vont se coucher, Nina apporte son opossum Sydney dans ma chambre. On lui invente des parcours à obstacles. Il est bien docile, ce petit marsupial. J'imagine qu'il servait de cobaye pour quelque étude et que le responsable a ouvert les cages, ou un scénario de ce genre.

Gérer l'ennui. Faire passer la monotonie ou apprendre à la digérer. C'est un défi important chaque jour. Cinq minutes de jeux vidéo, serait-ce trop demander ? On avait consacré tellement de journées à jouer aux cartes avec Frank, Chad et Maddie ! Il me semble que c'était hier. Je n'arrive pas à croire qu'ils sont disparus. Ça sonne faux. Je vois bien qu'ils ne sont plus là et pourtant mon cerveau n'assimile pas l'information. Parfois, je pense à ce qui ferait rire Chad, et puis je m'en rends compte… *Je n'en reviens toujours pas que Maddie et Chad ne soient plus là… Je ne pourrai plus jamais leur parler. Même si on ne s'entendait pas toujours (c'est normal à force de vivre jour et nuit ensemble), ils occupaient une partie tellement importante de mon quotidien. À présent, je me sens seul, même s'il y a des gens autour. C'est pire le soir.*

La nuit, mon cœur palpite sans raison. Je fais des cauchemars intrusifs avec des retours en arrière déformés, et je me sens terrifié alors que tout est calme autour de moi. Je ne dors pas bien, je suis à fleur de peau. Je me sens coupable et anxieux. En colère contre moi-même. Manjula a mentionné un trouble, un syndrome de stress post-traumatique, l'autre jour. Je l'ai envoyée promener. Je m'en veux tellement… Quel imbécile ! J'ai l'impression que c'est ma faute. Voilà. En ce moment, pour être franc, je me déteste. On dirait qu'une partie de moi est morte le jour de l'infestation. Peut-être que si j'avais insisté pour qu'on parte plus tôt de Montréal, rien de tout cela ne serait arrivé. Peut-être.

10

Frank

You thought you'd found a friend
To take you out of this place
U2, *Beautiful Day*

Le reflet de Jack en combinaison de ski apparaissait dans le miroir. Une paire de ciseaux dans sa main droite et une poignée de cheveux dans la gauche. Sur le plancher glacial de céramique de la salle de bain, les mèches brunes s'accumulaient. Après avoir réalisé un semblant de coupe de cheveux, Jack donna quelques coups de ciseau dans sa barbe, et finit par tout raser. Une fois qu'il eut terminé, il ne reconnaissait plus son faciès nu, famélique et blafard. Il retira son manteau, retroussa ses manches pour changer ses pansements et considéra minutieusement les incisions sur ses bras. Il sentait les frissons jusque dans ses flancs dépourvus de gras.

— Jack ! C'est vraiment toi ? s'étonna Nina en le voyant arriver autour du feu, dans la cafétéria.

— Tu as l'air d'avoir 15 ans, remarqua Manjula en l'agaçant gentiment. En tout cas, tu sembles te porter mieux que la semaine passée.

— Ça va mieux. Je n'ai presque plus de fièvre. Je me demandais si aujourd'hui je pourrais aller à l'appart avec toi. Ça fait plus d'une semaine que tu passes chaque jour y chercher Frank. J'en suis vraiment reconnaissant, mais j'aimerais aussi participer.

— D'accord. Avale d'abord un goûter. D'ailleurs, ça tombe bien. Aujourd'hui, on a quelques courses à faire avec Jose. Une paire de bras supplémentaire, ça ne ferait pas de tort. Mais ne force pas trop. Si tu ne te sens pas bien, tu nous le dis.

Jack s'ouvrit une conserve de pêches au sirop pour déjeuner. Le goût parfumé des fruits sucrés était devenu un des rares plaisirs qu'il savourait lentement chaque fois. Un goût de soleil en boîte. Pendant ce temps, Jose se penchait sur un bout de papier avec Wallace.

— Est-ce que c'est complet ? demanda Jose.

— Je pense que tout y est, répondit Wallace la voix rauque – il toussota – : êtes-vous capables de trouver ça ?

— Ouais, ouais, je connais quelques endroits.

Le docteur tenta d'ajouter un mot ou deux. Il s'étouffa avant de produire le moindre son.

— Restez au chaud, docteur, conseilla Jose. Lauren va s'occuper de vous.

Jose se leva et alla se rasseoir en face de Jack.

— Prends ça, dit Jose en lui tendant un pistolet. J'espère que tu n'en auras pas besoin, mais c'est une bonne idée que tu en aies un, au cas où. C'est un Ruger 9 mm, précis jusqu'à sept mètres de distance. Il n'y a que trois balles. Normalement, la capacité est de seize. On n'a pas le luxe d'en avoir autant. Si tu as besoin de t'en servir, tu dois faire monter une balle dans la chambre en tirant sur la glissière, ici. Aligne ta mire. Tu es droitier ? Bon, mets ta main droite sur la crosse. La main gauche vient épouser la droite. Il ne te reste qu'à appuyer sur la détente. Si le pistolet s'enraye, c'est-à-dire si la balle reste coincée, donne un coup de la paume de tes mains sous le chargeur, tire sur la glissière et appuie de nouveau sur la détente.

— Jose, la culture des armes à feu, ce n'est pas mon truc…

— Ce n'est qu'une précaution.

— Écoute, j'apprécie. Je… J'avoue que je suis un peu réticent à l'idée…

— Jack, ce n'est pas une suggestion. Tu acceptes ou bien tu restes ici.

— C'est bon. Ça va… Et je n'ai que trois balles ?

— Je sais que c'est peu. Si on a de la compagnie, ils ne savent pas que tu n'en as que trois. Sers-t'en davantage pour intimider un adversaire, sinon tu vas voir que trois balles, ça disparaît vite.

— Jose, je ne me suis jamais servi de ça…

— Ne recommence pas. Espérons que tu pourras dire la même chose quand on sera de retour ce soir.

— Comment avez-vous appris à vous en servir ?

— Des gars dans la station de métro m'ont montré comment ça fonctionne.

Trois balles. C'était peu s'ils éprouvaient des problèmes. Jose avait quatre cartouches dans les chambres de son arme. Manjula, quant à elle, affirmait avoir amplement de cartouches pour son fusil de précision.

Jack expédia le dernier quartier de pêche dans son gosier et but jusqu'à la dernière goutte de sirop. Il enfila le manteau et les bottes que Jose lui tendit. La pointure était un peu trop grande, mais cela allait suffire à se déplacer jusqu'à un magasin de sport.

— Il me semble qu'il n'y avait pas autant de neige en décembre l'an passé, constata Jose en regardant dehors, entre deux planches de bois, imaginant la chaussée invisible sous ce demi-mètre de neige.

— On sort ? demanda Jack en désignant la porte d'entrée au rez-de-chaussée.

— Pas par là ! dit Manjula sous le regard interrogateur de Jack. Tu ne voudrais pas déclencher un piège à acide nitrique !

Ils grimpèrent au troisième et dernier étage pour atteindre le toit. Manjula balaya la neige d'une échelle et l'utilisa pour créer une passerelle entre le département et l'édifice attenant.

— J'espère que tu n'as pas le vertige, hein ! lança Jose en riant.

— On est obligés de traverser comme ça ? demanda Jack tout blême.

— On ne veut pas laisser de traces dans la neige proche de la fac. Ça éveillerait des soupçons sur notre emplacement, expliqua Manjula. L'échelle, on la transporte d'immeuble en immeuble.

— Ah ! Ça a du sens, reconnut Jack qui ne semblait pas particulièrement ravi.

Manjula traversa le pont de fortune bancal pour rejoindre le bâtiment comme s'il s'agissait de la chose la plus naturelle du monde. Jack s'avança d'un pas mal assuré. Il parvint à traverser, non sans vertige, suivi de Jose. Une fois l'échelle dissimulée sous une couche de neige, le groupe se dirigea vers une antenne satellite, où était accroché un fil métallique parallèle au sol qui liait l'immeuble au suivant. Jose sortit de son sac un système de poulies qui s'emboîtait sur la tyrolienne. Un ensemble de sangles retenait l'acrobate au-dessus du vide.

— Attendez… Vous plaisantez ? lança Jack. Je ne peux pas… C'est pas sérieux, votre truc ?

Jose prit son élan, se propulsa sur la corde, atteignit l'autre bâtiment et renvoya le dispositif. La traversée vertigineuse n'enchantait guère Jack, mais Manjula l'assura que l'appareil allait tenir. Il acquiesça en bouclant l'assortiment de ceintures et s'avança au bord du précipice. Il y avait bien cinq ou six étages de haut. « Au moins, si je tombe d'aussi haut… Non, il ne faut pas penser comme ça. » Jack recula, inspira profondément et se jeta au-dessus de la rue. En quelques secondes, il atterrissait sans dommages.

Une fois Manjula arrivée avec eux de l'autre côté, ils s'engouffrèrent à l'intérieur de l'immeuble avec deux paires de raquettes ramassées au passage. Au pied de l'escalier, cinq personnes se réchauffaient autour d'un demi-baril de fer à l'horizontale, où pétillait un brasero fuligineux.

Manjula fit signe d'arrêter. Il ne fallait pas se faire voir. Les étrangers devaient picoler depuis un bon moment, puisqu'ils n'avaient pas entendu le groupe descendre les marches. L'orateur débitait des plaisanteries grivoises. La bande gloussait grassement. Mieux valait remonter d'un étage et s'éclipser par une fenêtre.

Le groupe sortit et se retrouva bien vite dans la neige, où des traces de pas se perdaient dans tous les sens : l'endroit idéal pour « réapparaître » sans trop de risques, prétendait Manjula. Elle et Jose enfilèrent les raquettes. Jack aurait besoin d'une paire.

Le premier arrêt se fit dans un magasin d'équipement de sports et de plein air. La devanture enneigée laissait deviner le contour des lettres formant le nom de la boutique. Il fallut déblayer les congères qui bloquaient les portes.

— Tu auras besoin d'un bon sac à dos, dit Manjula. Des vêtements chauds, des bottes, un sac de couchage d'hiver, un matelas de sol confortable et n'importe quoi d'autre qui pourrait te servir pour les prochains mois. On va te laisser te servir, viens nous voir si tu ne trouves rien à ton goût. Nous allons faire le tour des rayons.

Les étals étaient à moitié vides. Il restait peu d'habits de la collection d'été. Jack fut surpris de trouver le matériel hivernal dans l'arrière-boutique. Beaucoup de gens avaient disparu lors de l'infestation au cours des mois de juillet et d'août. Après tout, c'était normal qu'il reste un peu de marchandises pour le temps froid. Il passa en revue les étalages et s'empara des articles recommandés, dont une paire de raquettes ultralégères offrant à la fois traction sur glace, manœuvrabilité sur neige et possibilité de courir à grandes enjambées. Il lut le prix sur l'étiquette et eut un petit rire silencieux. Lorsqu'il eut terminé, il retrouva Manjula et Jose dans la section d'escalade. Ils jetèrent un dernier coup d'œil sur les étalages, en quête de tout article utile, et ils regagnèrent la froidure. Se déplacer en raquettes était bien plus agréable qu'en bottes.

Plan aérien. Trois silhouettes dans le paysage hivernal de la ville transfigurée par les séismes estivaux. Trois aventuriers engloutis dans des embruns de flocons, avançant entre les écueils blancs dans un désert de glace inconnu. Des glaçons suspendus aux fils électriques. Les restes d'immeubles recouverts de neige semblaient provenir de dessous la terre et percer comme des récifs le sol givré. L'étrange sentiment d'être les derniers êtres humains vivants d'une planète maudite.

— Qu'est-ce qu'il y a ? fit Manjula. Tu fixes ce café depuis qu'on a tourné dans cette rue.

— C'est rien… Enfin, c'est ici que j'ai lu la nouvelle pour la première fois à propos de l'émergence des guêpes. Et, tu vois, je travaillais de l'autre côté de la rue, dit-il en pointant une montagne de débris. Il y avait un restaurant à déjeuners. Je n'étais pas très doué comme serveur.

Après ce qui parut une bonne demi-heure de marche, Manjula déclara : « Nous y sommes. » Une immense structure grise aussi haute qu'un gratte-ciel, d'une substance similaire au ciment, se dressait devant eux. On aurait dit une termitière sur pilotis, à une échelle infiniment magnifiée. Un bourdonnement sourd provenait de l'intérieur.

— Qu'est-ce que c'est ? demanda Jack, tellement absorbé dans ses pensées qu'il n'avait pas levé les yeux depuis un bon moment.

— Ça, c'est la ruche dont parlait Wallace.

— Comment se fait-il que je ne l'aie jamais vue auparavant ? Je suis déjà venu dans ce quartier en été.

— Elle a été érigée lors de la première neige à partir de résidus de béton, de ciment, d'acier et de salive agissant comme scellant. Je crois qu'il n'a pas fallu plus de trois jours. Normal que tu ne l'aies pas vue si tu n'es pas passé par ici depuis.

Jack demeura planté là, stupéfié, bouche bée, les yeux exorbités devant la taille de la tour. À l'intérieur, il s'imaginait l'armada prodigieuse de guêpes anthropophages, attendant la venue de la saison chaude pour reprendre leur quête de chair, leur croisade pour l'extinction des derniers humains. À les entendre bourdonner, battre des ailes pour se garder au chaud selon les dires de Charles Wallace, Jack savait qu'elles étaient bien vivantes, sans pouvoir évaluer leur nombre.

— Bon, ce n'est pas tout ! On a autre chose à faire dans notre journée, déclara Jose.

— Et si on allait voir ton ancien appart, maintenant ? suggéra Manjula.

Jack acquiesça.

Une odeur ténue de brûlé flottait dans l'air. Le squelette de l'appartement tenait à peine debout grâce à quelques vertèbres noircies de suie. Jack en fit le tour quelques fois. Il ne restait rien d'intéressant dans les résidus carbonisés. Jose s'impatientait. Manjula le pria d'attendre un peu.

Jack ramassa un morceau de bois calciné et écrit sur les portes de garage des maisons avoisinantes : « À midi. Chaque jour. Jack ». Au bout d'un moment, il revint vers les deux autres et déclara qu'on pouvait partir. Il n'y avait rien à voir.

À cet instant, Jack se rendit compte qu'une silhouette les observait de loin avec ses jumelles binoculaires, vêtue d'une combinaison d'hiver et d'un sac d'expédition. Des lunettes de ski et une cagoule noire masquaient son visage, mais Jack reconnut le bonnet rouge et blanc familier. Celui de Frank.

— Frank ? demanda Jack à mi-voix, plein d'espoir.

L'ombre commença à marcher dans leur direction.

— C'est assez proche, déclara Jose en levant son pistolet.

— Je ne vous veux aucun mal, dit l'étranger en levant les mains dans les airs pour indiquer que ses intentions n'étaient pas mauvaises.

Mais ce n'était pas la voix de Frank. Il retira ses lunettes et sa cagoule. Non, ce n'était pas lui.

— J'ai été séparé de mon groupe. Je marche depuis des jours. Je n'ai pas mangé depuis… Merde, je ne sais plus quand ! Vous avez l'air organisés. Je ne sais pas comment dire ça… Vous avez de la place pour moi ? Juste pour quelque temps, je ne vous causerai pas d'ennuis. Je m'appelle Mathieu.

— Où avez-vous trouvé ce bonnet ? demanda Jack.

— Oh, ça ? Je l'ai trouvé il y a quelques jours. Je crois que c'était proche du centre sportif de l'université…

— Non, trancha Jose, méfiant. Non, nous n'avons ni l'envie, ni l'espace, ni les moyens d'accueillir quelqu'un d'autre.

— Je trouverai ma propre nourriture, je ne serai pas un fardeau. Nous sommes plus forts en groupe. Vous le savez. J'étais maçon, je sais me servir de mes mains. Vous avez quelque chose de brisé ? Je peux le réparer !

— Non, répéta Jose en faisant signe à Jack et à Manjula de partir.

Jack n'osa rien ajouter, pensif. Peut-être Frank était-il encore en vie, après tout ? Cet homme avait mentionné le centre sportif universitaire… Un bonnet ne prouvait rien, mais la piste valait la peine d'être examinée. Jose se mit en marche, suivi des deux autres. Mais Mathieu n'abandonna pas. Il continua à suivre le groupe. Manjula essaya de raisonner Jose qui s'obstinait à faire la sourde oreille, têtu comme une mule.

— Écoute, cria Jose. Soit que tu arrêtes de nous suivre de ton propre gré, soit que tu m'obliges à te rendre hors d'état de marcher. Si j'étais toi, je choisirais la première option.

Ils parcoururent une centaine de mètres de plus. Mathieu ne se résignait pas, faisant fi des injonctions de plus en plus hostiles à son égard. À un moment, Jose se retourna et dégaina son pistolet de nouveau.

— Si tu fais un pas de plus pour nous suivre, menaça Jose en le prenant dans sa ligne de mire, je n'hésiterai pas à te mettre une balle dans le crâne. Ne me fais pas gaspiller une munition pour toi. Ce serait vraiment dommage.

— Comprenez-moi, je vous en prie ! Je suis désespéré. Je n'ai plus rien. Plus rien à perdre. Je pourrais vous aider à trouver des vivres et à défendre votre camp. Vous avez un camp, pas vrai ? Je suis prêt à faire n'importe quoi. Vous n'avez aucune raison de douter de mes intentions.

— Et aucune raison de croire que tu dis la vérité. La réponse est non, coupa Jose en tirant sur la glissière de son pistolet. Tu es peut-être un saint qui n'a rien à se reprocher, mais je ne te connais pas. Et je n'ai pas envie de prendre le risque. Tu as cinq secondes pour faire demi-tour.

— Jose, regarde-le ! Ce gars n'est pas une menace, chuchota Manjula.

— Pas question qu'un inconnu dorme au même endroit que ma fille et ma femme. Ma décision est prise. Quatre secondes.

— Jose ! reprit Jack. Manjula a raison !

— Trois secondes…

— Écoutez-les, supplia Mathieu. Vous n'allez pas vraiment vous résoudre à me tuer ? Je suis innocent. Enfin, tirer sur un homme qui n'est pas armé. Je ne suis pas une menace. Je vous l'assure !

— Deux… Une…

Le bruit assourdissant d'un coup de feu fit sursauter Jack. L'homme s'écroula comme la douille atterrissait sur le sol gelé. Le regard vide. Un trou rouge dans la poitrine. Jose venait d'abattre Mathieu de sang-froid. Une froideur presque mécanique.

— Espèce de dégénéré ! Qu'est-ce qui t'a pris ? cria Jack en se jetant sur Jose. C'est quoi ton problème ? Je ne pensais pas que tu allais réellement le tuer !

Jose entraîna Jack dans sa chute. Des tonneaux dans la neige poudreuse. Jose prit le dessus et asséna un coup de poing dans la figure de Jack tandis que Manjula les sommait d'arrêter.

—Calme-toi ! Tu m'entends ? rugit Jose en approchant son visage de celui de Jack taché de sang. Je ne le connaissais pas. Je l'ai averti. Il a continué à nous suivre. Je lui ai laissé sa chance. Je lui ai dit de partir ! Je n'ai rien à me reprocher. Tu m'entends, petit con ? Rien ! Il n'a rien voulu savoir ! Il aurait pu être bon acteur et jouer la comédie. Non, je ne fais plus confiance aux gens. Je ne prends plus de risques désormais. Point final ! Alors, que tu ne sois pas content de ma décision, personnellement, je peux vivre avec ça. Tue-les ou ce sont eux qui te tueront. Les rapports du monde contemporain ne sont plus compliqués, garçon ;

il y a nous et il y a eux. Tu ferais mieux de t'entrer ça dans la tête. Compris ?

Jack lui lança un regard indigné et enfonça son genou entre les jambes de Jose qui roula sur le côté. Manjula harponna Jose, qui se débattait pour frapper Jack de nouveau, mais elle ne parvint pas à le retenir, si bien que Jose se jeta au cou de son adversaire avec la ferme intention de l'asphyxier. Jack essaya de se libérer. Incapable de respirer, le visage pourpre, il ne s'en sentait pas la force.

Un vrombissement se rapprochait. Les deux hommes cessèrent de se battre pour tendre l'oreille. On aurait dit le son des guêpes qui battaient des ailes. Par réflexe, le groupe se terra sous une fourgonnette pour guetter les environs. Jack se rua en toussant, la main au cou, en avalant sa salive. Au bout de trente secondes, deux motoneiges de deux passagers chacun traversèrent la rue, soulevant une traînée de neige derrière elles, et poursuivirent leur route sans décélérer. Ces gens ne les avaient pas vus sous le véhicule utilitaire.

Un râlement. L'homme que Jose avait abattu n'était pas mort. Il respirait avec peine et perdait beaucoup de sang. Jack et Manjula accoururent. L'étude du sac à dos de Mathieu laissait penser qu'il n'était pas dangereux. Ils n'y trouvèrent aucune arme, ni dans le sac ni sur lui.

— On peut sans doute encore le sauver, avança Jack à mi-voix.

— On n'a pas de temps à perdre avec ça, grommela Jose en décochant une tirade de jurons.

— Toi, reste en dehors de ça ! siffla Jack. Tu as déjà causé assez de tort. Manjula, aide-moi à trouver de quoi pour le transporter. Peut-être que Lauren peut le sauver.

— Débrouillez-vous seuls, alors. Je rentre.

Mathieu émit un gémissement de douleur. Sa main droite tentait désespérément de maintenir une pression sur la plaie au niveau de la poitrine.

— Merde ! Je ne trouve rien d'utile pour le transporter ! pesta Manjula.

— Ne me laissez... pas seul, haleta Mathieu en tremblant.

— On ne va nulle part, ne t'inquiète pas ! le rassura Jack. Continue à chercher, Manjula.

— Dis à ton amie... de laisser tomber... C'est mieux comme ça... Mais restez avec moi... Je vais me dépêcher... Ça fait mal... Je ne veux juste pas mourir seul. Comment... vous appelez-vous ?

— Elle, c'est Manjula (*elle était revenue s'agenouiller auprès du mourant*). Moi, c'est Jack...

— Je savais... qu'il restait encore du bon monde... Faut pas perdre espoir... Quand vous trouvez du bon monde... gardez-les proche de vous... Faut s'accrocher !

Mathieu s'éteignit au bout de dix minutes. Jack et Manjula creusèrent une fosse dans la neige et y déposèrent le corps. Une fois qu'ils l'eurent enseveli, ils se relevèrent et marchèrent en silence.

De retour au département de biologie, Jack retrouva sa chambre sans manger. À l'instant où il allait fermer la porte, Nina s'introduisit dans la pièce et sauta sur le lit.

— Tu me racontes ? fit-elle surexcitée.

— Te raconter quoi ?

— Ce que vous avez vu dehors ! Tu connais mes parents, je n'ai même pas le droit d'aller faire des bonshommes de neige sur le toit. Alors, raconte-moi comment c'était, s'il te plaît !

— Je n'ai pas la tête à ça, Nina. Pas maintenant.

— S'il te plaît, juste un peu ! le supplia-t-elle en joignant ses mains théâtralement comme si elle l'implorait.

— Très bien, si tu insistes, dit-il en échappant un soupir et en s'assoyant près d'elle. Après avoir exploré un magasin de plein air pour trouver des vêtements chauds ou n'importe quoi d'utile, nous avons rencontré quelqu'un.

— Un gentil ?

— Oui, un gentil. Il s'appelait Mathieu.

— Qu'est-ce qu'il voulait ?

— Il cherchait... son chemin, inventa Jack. Il nous a dit qu'il s'était perdu et qu'il essayait de retrouver son groupe.

— Peut-être qu'il ne connaissait pas bien la ville.

— C'est possible. Je crois que c'était un voyageur qui venait de loin.

— Alors, qu'est-ce que vous avez fait ?

— Il nous a dit qu'il voulait se rendre au centre-ville.

— C'est loin, ça ?

— Pas tellement. Alors tu vois, ton père et moi avons pris une carte géographique pour lui montrer où nous étions, et le trajet à suivre.

— Mon père a fait ça ?

— C'est ce que j'ai dit.

— J'espère qu'il va retrouver ses proches.

— Je crois que c'est déjà fait.

∽

Jack passa plusieurs heures par jour à chercher Frank sans succès, à retourner à l'appart à midi, chaque jour. Mathieu avait mentionné le centre sportif universitaire. Jack n'y avait rien trouvé. Il fallait se satisfaire de la nourriture sèche, d'une conserve de temps en temps, de nouilles instantanées, de bouillons déshydratés et s'habituer au café soluble. C'était bien peu pour combler l'appétit pantagruélique de Jack. Les fruits frais étaient devenus un

Graal, objet de légende presque tabou dont tous rêvaient, sachant très bien que s'en procurer relevait de l'impossible. Autrement, Jack ne parlait pas beaucoup. Il écrivait ici et là. La plupart du temps, il s'enfermait dans sa chambre où il demeurait seul à broyer du noir.

La veille de Noël – car Jack gardait encore le compte des jours –, Manjula entra dans sa chambre, les bras derrière le dos.

— Je peux entrer ? demanda-t-elle.

— Tu es déjà entrée, remarqua Jack sans la regarder, la mine abattue.

— Je sais que tu ne veux voir personne…

— Alors, pourquoi t'es venue ici ?

— J'ai pensé que t'aimerais avoir ça. Je ne savais pas quand te le donner. J'attendais le bon moment. Je pense qu'il n'y en aura pas.

Jack finit par tourner la tête et vit que Manjula tenait dans ses mains le *wakizashi* de Maddie. Il se leva et prit l'arme dans ses mains. L'idée de la jeter en travers de la pièce lui traversa l'esprit. Il se retint. À cet instant, il s'étonna de sentir les bras de Manjula autour de lui. Il n'avait pas ressenti ce type de chaleur depuis des mois.

— Merci, articula Jack, la gorge nouée en serrant Manjula contre lui. Comment l'as-tu trouvé ?

— Je l'avais déjà récupéré, dès les premiers jours où tu es arrivé ici. C'était une de ces brutes qui s'en était emparée. Je crois qu'il te revient.

Jack ne parvenait pas à se souvenir de la dernière fois qu'il avait pris quelqu'un dans ses bras. Il posa le sabre sur la commode.

— Lorsque tu seras prêt à te joindre à nous, Lauren et moi avons organisé un repas de Noël. Rien de bien extraordinaire. Je pense que c'est important pour le moral…

— Jack ! Manjula ! cria Lauren depuis le couloir. Venez vite ! C'est Wallace ! Il ne va pas bien…

Jack et Manjula accoururent dans la cafétéria où le biologiste était allongé dans une chaise au bord du foyer. L'état de Charles Wallace s'était aggravé. Le scientifique fiévreux peinait à respirer. À la lueur d'une chandelle, son teint paraissait plus gris. La flamme vacillait.

11

Un autre monde

Tell me did you lose hope
The day that storm hit the coast
And tell me what's going to be left
After all we've known is gone
Lovers from the past you're gone missing
And hopefully one day you'll be found healing
Nicolas Patterson, *Lovers From The Past*

Les couleurs du crépuscule éclairaient l'Oratoire Saint-Joseph enneigé. Dans les escaliers des pèlerins, Jack était étendu, les yeux mi-clos. Sous sa veste lourde de sang, sa poitrine peinait à se soulever. Des volutes de vapeur blanche écumaient de sa bouche et des coulisses écarlates recouvraient son menton. Les alentours s'embrouillaient de gris et de blanc. Le froid mordait si fort qu'il ne sentait presque plus ses membres.

Une guêpe se posa en un bourdonnement agressant sur le visage de Jack. Elle grimpa sur sa bouche, sur son nez et bientôt sur ses yeux. Jack bougea la main d'un geste las pour déloger l'insecte qui évitait adroitement tous les mouvements jusqu'à ce que sa proie abandonne. Il planta ses mandibules gluantes dans l'œil droit. La douleur aiguë aurait normalement extirpé un cri à Jack. Aucun son ne sortit de sa bouche. L'insecte tira de toutes ses forces jusqu'à ce que le nerf optique se rompe et que le globe rutilant se disloque hors de son orbite visqueuse avec un bruit humide et muqueux. Et la bête s'envola avec l'œil : l'œil qui voyait le sol s'éloigner à mesure que l'insecte prenait de l'altitude.

Un vertige. L'impression de tomber de haut.

Jack se réveilla pris de spasmes. Il tâta ses yeux nerveusement. Les deux étaient encore bien en place. Il scruta la pièce plongée dans la noirceur du réfectoire de la faculté. Il y dormait désormais sur un matelas de sol, sous une tonne de couvertures pour économiser le propane. Il poussa un profond soupir, à la fois soulagé et découragé d'être victime de cauchemars kafkaïens chroniques, tous plus immondes que les précédents. Ils allaient finir par lui faire perdre la raison.

Un bruit furtif dans un coin. Jack étendit la main jusqu'à son sac pour s'emparer discrètement de son pistolet. Il y avait eu un mouvement. Quelqu'un était entré. Immobile, il guettait la pièce. Son pouls augmentait. Il entendait le cœur pomper. Il sentait sa peau virer en chair de poule. Premier balayage visuel. Des silhouettes endormies sur les canapés, des couvertures suspendues et un feu de foyer presque éteint. Il en entreprit un second. Aussitôt, le visage blême de Frank aux yeux exempts de pupilles apparut collé au sien, murmurant un râlement éraillé. Jack tressaillit. Le pistolet lui glissa des mains. Le spectre s'escamota aussi abruptement qu'il était apparu.

Manjula dormait profondément sur un matelas voisin. Jose ronflait sur un divan à côté de Nina qui s'était assoupie avec son appareil photo à développement instantané Polaroid qu'elle avait reçu en cadeau. Wallace n'était pas là. Ce n'était pas surprenant puisqu'il passait la moitié de ses nuits dans son laboratoire. Mais que Lauren ne soit pas couchée, c'était plus rare.

Jack enfila une paire de bottes et un tricot supplémentaire. Le mouvement remarqué était un manteau tombé d'une patère. Il profita du fait qu'il était debout pour chercher de quoi grignoter. Il ne restait rien des pâtisseries du maigre buffet de Noël que Lauren et Manjula avaient confectionnées et que tous avaient dévorées quelques jours plus tôt. Étonnant ce qu'elles étaient parvenues à concevoir avec du sucre, de la farine en voie de rancir, de la poudre d'œuf entier, de la vanille, de l'eau, de l'huile et un feu de bois ! Jack se hasarda, avec un bol de céréales, dans le couloir menant au laboratoire. Il aperçut de la lumière provenant du bureau de Wallace. *Il ne dort pas ? Pourtant, ce n'est pas son habitude de laisser sa porte ouverte...*

Jack jeta un œil dans l'embrasure de la porte. Le docteur Wallace, enveloppé dans un sac de couchage derrière son bureau, buvait une liqueur ambrée au goulot d'une bouteille en feuilletant un portfolio du mieux que lui permettaient ses gros gants. De toute évidence, il se portait mieux. Jack se demandait ce que pouvait bien fabriquer le scientifique éveillé au milieu de la nuit lorsqu'il entendit Wallace râler de sa voix rauque :

— Qu'est-ce que tu fais là, Jack ? Retourne te coucher !

Il n'avait pas particulièrement envie de discuter avec Charles Wallace, mais la curiosité le poussa à entrer.

— T'es sourd ? Je t'ai dit de me laisser tranquille, grinça Wallace enroué, le nez dans ses papiers.

— Je n'arrive pas à dormir.

— Voilà qui est malheureux ! Merci pour la mise à jour. Bonne nuit maintenant ! répliqua-t-il d'une voix ennuyée sans relever la tête.

— Je vois que vous avez retrouvé votre sens de l'humour. Ça veut dire que ça va mieux. On a eu peur que vous...

— Que je meure ? Eh non, vous n'êtes pas encore débarrassés de moi ! Ce n'était qu'un vulgaire rhume. À présent, si mes sinus et mes bronches voulaient bien comprendre que je ne prends pas d'acétaminophène rien que pour le plaisir...

— Qu'est-ce que vous faites ? demanda Jack en s'approchant.

— Ma déclaration de revenus, soupira-t-il, pince-sans-rire. Qu'est-ce que t'en penses ? Je consulte des archives…

Jack s'approcha et constata que le fichier contenait des clichés d'un peu partout dans le monde, pris lors de l'infestation. Des soldats maniant des lance-flammes sur la place du Trocadéro-et-du-11-Novembre, à Paris. L'armée dans les rues de Berlin. Des champs désertiques en Californie, autrefois prolifères et luxuriants. Des nuages flous d'insectes volant à toute vitesse, tantôt au détour de la pyramide de Khéops, puis autour du Christ Rédempteur à Rio de Janeiro et de la Statue de la Liberté à New York. Des camps de réfugiés de la Croix-Rouge en Inde. Des pirogues quittant les berges en espérant trouver refuge ailleurs. Des images aériennes de Kaboul, de Tokyo et de Londres, villes fantômes en ruine respirant la solitude et la désolation.

Le docteur Wallace avala une gorgée de sa bouteille et la tendit à Jack, qui but à son tour et s'étouffa un peu avec le liquide tonifiant.

— Alors, je suis doué ou pas en Photoshop ? ricana Wallace.

— Elles sont partout, n'est-ce pas ?

— Manifestement, soupira le docteur. Tu sais, il y a plein d'autres bureaux dans ce département. Pourquoi ne vas-tu pas souffrir d'insomnie ailleurs que dans le mien ?

— Alors, que va-t-il se passer au printemps lorsqu'elles n'auront plus d'humains pour se nourrir ? fit Jack décidé à faire parler Wallace. Elles vont nous chasser jusqu'au dernier ? Est-ce qu'on va trouver une solution ? S'il y en a une…

— Aucune idée, fit-il en poussant un long soupir. Vous me regardez tous comme si j'étais une sorte de

génie surdoué qui allait trouver la solution à ce problème !
Vois-tu une lampe quelque part, Aladin ? Eh bien, moi
non plus ! Je ne suis qu'un homme.

— Arrêtez ce petit jeu, et dites-moi le fond de votre
pensée.

— La seule chose que je crois certaine, c'est qu'il est de
nouveau possible de pratiquer l'agriculture. En fait, dès que
les insectes se sont mis à croquer les humains, cultiver est
redevenu possible. Ils ont perdu tout intérêt pour les plantes
et les fruits. Alors, voilà, c'est ma nouvelle optimiste pour
l'été prochain. Les guêpes ne disparaîtront probablement
pas. Cela ne veut pas dire que nous devons mourir. Si on
parvient à trouver des semences viables quelque part et si
on n'est pas morts d'ici là...

Jack demeura silencieux un moment, se demandant s'il
allait lui parler de l'île. Wallace n'était certes pas le personnage le plus agréable, c'était le moins qu'on puisse dire, mais
Jack se rendait compte que l'expertise de l'entomologiste
serait un atout.

— Wallace, admettons qu'une île éloignée de la rive
existait lors de l'infestation et qu'il n'y avait aucune activité
agricole dessus. Est-ce que les guêpes y seraient allées ?

— Peut-être, répondit le chercheur en fronçant les sourcils. Mais si elles n'ont rien trouvé, je doute qu'elles y soient
restées.

— Et admettons que cette île était inhabitée après la
mutation, vous croyez que les guêpes y seraient ?

— Je comprends où tu veux en venir. Je ne peux pas me
prononcer avec certitude. Il est plausible que non.

— Vous avez une carte du Canada pas loin ? demanda
Jack regardant tout autour entre les vivariums et les classeurs.

En demeurant dans son sac de couchage, Wallace
pointa le tiroir d'un meuble au fond du bureau à côté de

la guêpe femelle qui baignait dans son cylindre de verre, prisonnière de son sarcophage éthylique avec ses mandibules tranchantes et son dard acéré. Jack revint avec la carte et la posa sur le bureau en dérangeant les archives que consultait Wallace.

— Ne te gêne surtout pas ! maugréa Wallace sans que Jack n'y prête attention.

— Là, pointa Jack sur la carte. C'est Main Duck Island, l'île dont je vous parle. C'est là que je dois me rendre au printemps. Cette île pourrait bien être un des rares endroits viables du pays. Bien sûr, il y a d'autres îles, mais c'est aussi la plus proche d'ici à être éloignée de la rive.

— C'est beau la jeunesse, ricana Wallace en retirant ses lunettes. L'ambition. Des idées de grandeur, tout ça ! C'est un voyage plutôt risqué et fondé sur des théories qui ne tiennent qu'à un fil.

— On était des coureurs des bois ! répliqua Jack sans lâcher prise. Je sais que c'est une chance à prendre...

— Et pourquoi m'en faire part ? demanda Wallace. Étant donné les routes encombrées, enfin ce qu'il en reste, tu n'as quand même pas l'intention de t'y rendre en voiture !

— Non. Mais je pourrais longer la rive en canot et le porter lorsque le courant est trop important. Je dormirais dessous durant le jour. Ou bien je trouverais des habitations au bord de la rive pour me cacher. Mieux encore, une embarcation à moteur ! Je pourrais pêcher pour manger. Ce n'est pas impossible. Je suis conscient des risques...

— L'es-tu vraiment ?

Wallace but une autre gorgée et Jack l'imita.

— Vous croyez que c'est possible ? insista Jack.

— Je crois que ce n'est pas impossible, rétorqua le docteur pensif.

Wallace regardait dans le vide, contemplatif comme s'il apercevait une lueur d'espoir qu'il aurait cru ne jamais revoir. À entendre sa voix, on oubliait ses remarques généralement aigres et insolentes. On aurait même dit qu'il avait une pointe d'intérêt pour l'entreprise de Jack.

— C'est une chance de repartir à zéro, remarqua Wallace. Mais tu sais qu'il ne te suffit pas de te rendre jusqu'à l'île !

— Que voulez-vous dire ?

— On parle d'un projet de colonisation qui demande un minimum de planification. Il va falloir s'organiser pour te créer une certaine habitation, un mécanisme de chauffage. Si tu prévois y séjourner à long terme, un garde-manger et une source de courant auraient leur utilité. Je ne sais pas ce que tu vas trouver sur cette île, mais ne pense pas qu'au chemin. Pense à ce qui vient ensuite. Sans Google, *Wikipédia* et Internet, tu vas te rendre compte que les connaissances sont moins accessibles. Qu'est-ce qui se passera lorsque tu n'auras plus d'allumettes pour le feu, quand tu auras des trous dans ta dernière paire de souliers, quand tu auras épuisé jusqu'à ton dernier rouleau de papier de toilette ?

— On trouvera bien un moyen. Aujourd'hui, on est en vie. Pour autant que je sache, chaque jour pourrait bien être notre dernier. Alors, on traversera le pont quand on y sera rendu.

Pendant que le docteur débitait quelques conseils, Jack remarqua un cadre pour photo, posé sur le bureau.

— Qu'est-ce que c'est ? demanda Jack en essayant de le remettre debout.

— Rien ! s'empressa de répondre Wallace en tentant de l'en empêcher.

Le cadre glissa de leurs mains et se fracassa contre le sol. La photographie gisait parmi les éclats de verre.

Dessus, on reconnaissait le docteur Wallace à la moitié de son âge, le jour de la remise de sa thèse de doctorat. Il était accompagné d'une femme et de deux jeunes garçons.

Wallace s'agenouilla péniblement pour ramasser la photo avec ses gants. Il l'étreignait comme un enfant attaché à un objet cher et délicat.

— Va te recoucher, dit Wallace d'une voix plus tranquille que l'aurait anticipé Jack. Laisse-moi seul maintenant.

— Je suis désolé ! Je… Ce sont votre femme et vos enfants ?

— Laisse-moi, chuchota le scientifique. J'ai besoin d'être seul.

Jack quitta le laboratoire et s'éloigna tandis que Wallace s'adossait à un des pieds du bureau en étudiant le morceau de papier lustré à la lueur d'une chandelle. Ses enfants, sa femme et lui-même.

— Je n'en peux plus, Liz. J'ai essayé d'être hostile, méprisant et exécrable autant que possible pour ne pas m'attacher aux gens. Ce jeune, il me fait penser à moi quand j'avais son âge ! Un brin idéaliste. Et pourtant, je voulais qu'ils me haïssent, tous. Je sais ce qui arrive quand on s'attache. On devient dépendant. Et tôt ou tard, on finit par perdre les gens comme je vous ai perdus l'été dernier. Si seulement tu étais encore ici… Je n'avance plus. J'ai le sentiment de n'avoir rien accompli. Je suis d'une futilité. Dis-moi à quoi ça sert. Quel est l'objectif, le but, l'utilité d'être ici si vous ne l'êtes pas ? Dis-moi à quoi je sers.

Jack errait dans les salles de classe autrefois remplies d'étudiants. Difficile de croire qu'il avait été l'un d'entre eux quelques mois plus tôt. Tout cela semblait si lointain. Il remarqua Lauren dans une des pièces, assise sur un pupitre à examiner le halo de la lune sur la ville grise. Il s'approcha. Elle sursauta.

— Je ne t'avais pas entendu, murmura-t-elle. Qu'est-ce que tu fais éveillé à une heure pareille ?

— Je pourrais te retourner la question. Wallace non plus ne dort pas.

Lauren resta muette.

— Je fais de drôles de rêves, confia Jack. Enfin, ils n'ont rien de drôle. Bizarres, devrais-je dire.

— Je ne te blâme pas. Il m'arrive souvent de rêver aux gens que je croisais tous les jours avant. C'est un autre monde maintenant, sans espoir de retour. Tout est si doux en rêve. Si vrai. Parfois, j'y crois vraiment. Je vois mes parents. Je leur parle. Puis, je me réveille dans le froid et je viens ici. Je regarde les rues désertes. On dirait même que j'arrive à voir les gens qui y marchaient autrefois, qui rôdent. Comme si les rues étaient hantées d'ombres rampantes… Tu crois aux fantômes ?

— Jusqu'à cette nuit, je t'aurais répondu non.

— Ah ?

— Ce n'est rien, assura Jack.

— Qu'est-ce qui te garde éveillé ? insista-t-elle.

— Je rêve à des souvenirs et tout va bien jusqu'à ce que la nouvelle espèce se manifeste sous diverses formes, et je me réveille en sursaut…

— Je suis désolée.

Elle glissa sa main sur l'épaule de Jack.

— Au début, je n'y croyais pas, avoua-t-elle. Lorsqu'ils ont annoncé la nouvelle dans les journaux et à la télé, je me suis dit que ça n'allait pas durer. Puis, lorsqu'il y a eu la mutation, lorsqu'elles se sont mises à prendre en chasse les humains, Nina, Jose et moi nous sommes barricadés au sous-sol où nous avions des réserves d'urgence. Personne n'avait prévu que ce serait si grave. Je m'attendais à une situation comme la crise du verglas de 1998.

Quelques jours, au plus quelques semaines. C'était une chance que nous ne soyons pas encore sortis ce matin-là. Par une minuscule fenêtre au sous-sol, Jose observait les gens courir, crier, essayer de se mettre à l'abri dans leur voiture, leur demeure. Les saloperies défonçaient les vitres à coups d'aiguillons… Maintenant, je vois bien que notre réalité a changé. Elle ne sera plus jamais la même. La fragilité de l'existence… Jose est toujours porté à se méfier, à réfléchir aux risques immédiats. Je ne suis pas comme lui. Je l'aime, on se complète, c'est bien. Mais je ne peux pas m'empêcher de me demander : et après ? C'est bien beau de survivre, mais quand recommencera-t-on à vivre ? Ma fille a à peine huit ans et je ne sais pas quoi lui répondre quand elle me demande si elle va un jour retourner à l'école lorsqu'on remplit ses cahiers d'exercices de troisième année. Que valent mes efforts pédagogiques envers Nina dans un monde où la culture et les arts sont des termes dérisoires ? Ces questions qu'elle se pose, je ne sais pas y répondre. Par exemple, déjà elle se demande si elle aura de quoi manger, un toit sur la tête et une sécurité. Ce n'est pas le rôle d'un enfant de se poser ces questions-là. Plus tard, dans quelques années, de quoi sa vie aura-t-elle l'air ? Connaîtra-t-elle l'amour ? Tous ses rêves, toutes ses aspirations… Je lui répétais que la vie est pleine de possibilités. Ça, c'était avant. À Dieu ne plaise qu'il nous arrive quelque chose aujourd'hui, à nous, ses parents, que nous tombions malades, que nous nous blessions ! Les soins de santé sont inexistants. Vaccins, contraception, grossesse, cancer, chirurgies, dentisterie, il y a tant de connaissances perdues. Je me sens tellement dépourvue face à ce que nous réserve l'avenir. (*Elle prit une grande respiration.*) Je me demande si elle se souvient bien de nos voyages dans le Maine, je me demande si elle se souvient de la mer, de l'odeur du large… Il y a encore tant de beauté dans ce monde, de paysages à voir et je veux qu'elle s'en rende compte. Je garde espoir qu'un jour, on pourra sortir et ne plus craindre pour nos vies, car la nouvelle espèce se sera éteinte. Je veux bien le croire. J'aurais aimé qu'elle voie les Rocheuses, la baie de Fundy, le parc national de Banff, Jasper, le Parc national de la Pointe-Pelée et le lac Érié. Je regrette de ne pas lui avoir montré davantage de sites enchanteurs. Je me sens coupable. Tu vas me contredire, mais je me sens comme une mauvaise mère.

— Lauren, voyons, dis pas ça ! Tu n'es aucunement coupable, tu n'as rien saccagé. Ta fille t'aime. Vous êtes en vie toutes les deux. Vous avez un mari, un père, qui se préoccupe de votre bien-être. Ça n'a pas de prix.

— Si jamais…

— Je t'arrête là, l'interrompit Jack. Un jour à la fois. Respire.

Elle le serra dans ses bras.

— C'est bon, ça va mieux, l'assura-t-elle en lui tapotant l'épaule. Je vais rester ici encore un moment.

En sortant de la classe, Jack aperçut Nina qui les espionnait dans son manteau d'hiver.

— Ne lui dis pas que j'étais ici ! chuchota Nina. Elle ne sera pas contente.

— Personne ne dort ici ? s'exclama Jack en s'efforçant de sourire. Tu as entendu ce qu'on disait ?

— Non, vous ne parliez pas assez fort. Je n'ai pas envie de dormir. Tu fais quoi ? Je veux veiller avec toi.

— Je pensais retourner dans ma chambre.

— C'est parfait ! Tu vas pouvoir me raconter une histoire !

— Comme quoi ?

— Je ne sais pas. N'importe quoi. Manjula m'a déjà parlé d'un copain qu'elle avait avant que les insectes mangent les gens. Elle m'a aussi dit qu'elle te trouvait bien gentil, mais trop jeune. Toi, t'as déjà été amoureux ?

La question le prit au dépourvu. À la fois flatté et surpris, Jack savait qu'il ne pouvait rien refuser à la petite Nina. Il se mit à raconter son histoire en marchant vers sa chambre.

— Bien sûr, ça m'est déjà arrivé. C'était tout juste avant l'université.

— C'était qui ?

— Elle s'appelait Hana. On s'était rencontrés à une fête chez des amis communs. Elle suivait des cours de mathématiques et je lui avais proposé d'étudier avec elle, alors que je ne connaissais rien aux calculs avancés. Du coup, on était allés faire une promenade jusqu'au sommet du mont Royal, et une chose a mené à une autre.

— Ça veut dire quoi ?

— Ben euh… Ça veut dire qu'on s'est mis à sortir ensemble.

— Vous êtes-vous embrassés sur la bouche ?

— Nina, allons…

— Tu l'aimais ?

— Elle était de mon goût.

— Pourquoi ?

— Dis donc, t'en poses, des questions ! remarqua Jack en ébouriffant les cheveux de Nina. Si tu veux tout savoir, c'est parce que je me sentais bien avec elle. Je crois que c'est ça. C'est pour ça que les gens se rapprochent. Mais, parfois, c'est plus compliqué. Les gens ne sont pas toujours ceux qu'ils prétendent être. Et les gens changent.

— Pourquoi ?

— C'est comme ça.

— Et tu es parti parce qu'elle a changé ?

— Quelque chose comme ça, ouais, déclara Jack en atteignant sa chambre. Ou peut-être était-ce moi. Tu sais, ça peut sonner ridicule, mais on dit parfois qu'on tombe amoureux, et parfois qu'on tombe tout court.

— Qu'est-ce que ça veut dire ?

— Ça veut dire que je suis fatigué finalement. Allez, je crois qu'il est temps que tu ailles te coucher. File dans ton lit avant que ta mère s'aperçoive que tu es debout.

La petite s'éloigna, moyennement satisfaite.

∾

Un bourdonnement aigu. Une musique techno assourdissante, la grosse caisse qui résonnait et des voix inintelligibles avaient réveillé Jack sur un divan, dans un séjour bruyant bondé de jeunes adultes attroupés autour d'une partie de bière-pong. Un type s'accroupit en lui tendant un verre d'eau, et cria pour se faire entendre malgré le vacarme :

— T'as un peu trop bu ce soir ? fit-il en lui tendant l'eau. Tiens, prends ça !

Jack prit le gobelet rouge et se redressa. Il assura qu'il se sentait bien et qu'il avait tout simplement besoin de prendre l'air. En se faufilant entre les fêtards, il aboutit sur le balcon de l'appartement, où une jeune femme contemplait le panorama montréalais. Les voitures défilaient sur la chaussée encore chaude du soleil estival. Elle était accotée sur la balustrade, une bière à la main. Une camisole noire sous une chemise bleue diaphane. Son regard contemplatif à travers ses courts cheveux blonds, rasés du côté droit proche de l'oreille, lui donnait un air rêveur que

Jack, l'observant à la dérobée, trouvait particulièrement attachant. Elle se retourna. Jack aperçut son perçage sur la lèvre inférieure de son visage libre de maquillage.

— On se connaît ? demanda-t-elle.

— Je ne crois pas.

Elle s'appelait Hana. Il lui demanda ce qu'elle faisait dans la vie. Elle étudiait.

— Les mathématiques, c'est vrai ? répéta Jack. J'ai toujours trouvé ça fascinant ! Pythagore et tous les autres ! Peut-être qu'on pourrait étudier ensemble un de ces quatre.

Elle sourit gentiment devant son théâtre de piètre qualité et répondit :

— On verra. J'allais partir bientôt. Tu veux marcher un peu ?

Sans lui laisser le temps de répondre, elle ajouta :

— T'es déjà allé sur le mont Royal à 1 h du matin ?

Jack fit signe que non. Hana l'entraîna à l'intérieur. Ils traversèrent la foule dans l'appartement et descendirent les escaliers.

Depuis le belvédère, le panorama urbain scintillait d'une kyrielle de phares minuscules et de réverbères jaune et blanc. De nuit, on devinait à peine le relief des monts en périphérie de la métropole. Hana sortit deux bières de son sac.

— La région devait être encore plus belle avant. Tu ne penses pas ? remarqua Jack.

— Avant quoi ?

— Avant les immeubles, l'acier, l'asphalte et le béton.

— Tu n'aimes pas la ville ? s'étonna Hana.

— Ce n'est pas ce que je veux dire. J'aime bien Montréal, mais imagine à quel point la vue du paysage vierge devait être à couper le souffle avant.

— Ça t'arrive souvent de regarder en arrière et de supposer ? D'avoir la nostalgie d'un temps que tu n'as pas connu ?

— Toujours ; pas toi ?

— Je ne sais pas, admit-elle en haussant les épaules.

— Je me demande si les gens qui vivront ici dans mille ans se poseront la question : comment c'était, vivre au 21e siècle ?

— S'il reste des gens, remarqua Hana.

— Qu'est-ce que tu insinues ?

— Mille ans. Plein de choses ont le temps d'arriver d'ici là.

— On étudie l'Histoire pour ne pas répéter les erreurs du passé, affirma Jack.

— J'aimerais avoir ta confiance en la compétence de l'espèce humaine.

Au bout d'un moment, Hana lui demanda :

— Sinon, t'as une copine ?

— Euh... non, répondit-il surpris par la question.

Il s'empressa d'ajouter :

— Et toi, t'as quelqu'un ?

— Non. Et je te préviens, je ne cherche pas. J'aime mon indépendance.

Jack hocha la tête.

— Mais ça ne veut pas dire que je n'ai pas envie de plus... Il est encore tôt.

— On pourrait aller chez toi ? suggéra-t-il aussitôt. Si tu en as envie, évidemment...

— C'est une idée. Aimes-tu le jazz ? J'ai quelques vinyles, sinon j'ai des classiques de rock.

Hana habitait seule proche de la Place des Arts, dans un appartement au-dessus d'un dépanneur. En entrant, on se serait cru dans un garage de mécanique. Le lieu comp-

tait une impressionnante quincaillerie hétéroclite provenant d'une multitude d'appareils. Tout ce qui touchait
aux moteurs intéressait la jeune fille. Même le rideau de
douche arborait des dessins techniques d'un modèle clas-
sique de Rolls-Royce décapotable. Au-dessus du canapé
du salon, Hana avait fait agrandir une photographie d'Ed-
ward Burtynsky dépeignant le barrage des Trois-Gorges,
en construction sur le Yangzi Jiang, le plus long fleuve
d'Asie.

Sous le cadre de Burtynsky, ils buvaient une autre bière
en écoutant un vinyle de Pink Floyd sur le tourne-disque
décoré d'autocollants de marques de voiture. D'un geste
léger, Jack déposa sa main sur la cuisse de Hana et se mit
à caresser le denim avec son pouce. Elle posa sa main sur
la sienne en guise d'assentiment. Jack s'immobilisa. Hana
lui chuchota la consigne de continuer. Bientôt, il glissa ses
doigts dans les cheveux blonds de la jeune femme, lorsqu'il
sentit le courage de rapprocher ses lèvres…

— Je ne veux pas que tu te fasses d'idées, dit-elle en
arrêtant son geste.

— D'accord, répondit Jack sans être certain d'avoir
bien compris le sens de la phrase.

Hana se redressa, le prit par la nuque et guida ses lèvres
jusqu'aux siennes. Il se mit à lui caresser le dos. Elle retira
sa chemise et sa camisole pour découvrir un soutien-gorge
de couleur magenta. Il enleva à son tour son T-shirt et
colla son corps chaud contre le sien. Hana fit remarquer
qu'il y aurait davantage d'espace dans son lit que sur le
divan, et elle lui indiqua le chemin en lui prenant la main.

En arrivant dans sa chambre, Hana s'allongea et retira
ses jeans. Jack l'imita. Il s'avança à tâtons sur le matelas à
la rencontre du corps gracile de Hana. Dans la noirceur,
il entraperçut sur son dos pâle, depuis les reins jusqu'à la

nuque, les lignes d'encre noire d'un tatouage représentant les rouages finement ouvragés du mécanisme d'une vieille horloge. Entre deux clignements d'yeux, il eut l'impression étrange de voir le visage de Manjula, qu'il ne connaissait pas encore à l'époque.

Au bout d'un moment, Jack roula sur le dos, essoufflé et le corps moite. Hana murmura :

— Tu devrais rentrer...

— Tu veux pas que je dorme ici ?

Elle ne répondit rien. Peut-être un « à ta guise » murmuré, que Jack ne perçut pas. Et il s'endormit.

Le lendemain matin, Jack se réveilla seul dans le lit. Des bruits provenaient de la cuisine. Une odeur de café velouté et de lard fumé à l'érable flottait dans la pièce. Il s'habilla, rejoignit Hana et posa ses mains sur ses hanches.

— Qu'est-ce que tu... ? commença-t-elle en se dégageant. Je ne veux pas que tu penses que je n'ai pas aimé la nuit qu'on a passée ensemble, mais je ne suis pas prête à plus... Je te l'ai dit hier, j'aime mon indépendance.

— Ça va, on peut prendre notre temps...

— Non, tu ne comprends pas. Ce n'est pas une question de temps. Je n'ai simplement pas envie de développer une relation, je n'ai pas envie d'une plus grande intimité entre nous... Je suis bien, seule. Tu sais, hier, c'était bien...

— Alors, c'est tout ? Et moi, dans tout ça ?

— Oh ? Alors c'est correct pour un homme de ne rien vouloir de sérieux. Dès que c'est une femme, c'est différent ? Hé ! N'essaie pas de me faire sentir coupable. T'as aimé ça hier soir. Moi aussi. J'ai envie qu'on en reste là, c'est tout. Ce n'est pas plus compliqué. Ça n'a pas besoin de l'être.

— Quoi ? Non, ce n'est pas ça... Ah ! Laisse tomber.

Jack quitta l'appartement et dévala les escaliers en trombe. Il sortit de l'immeuble sans se retourner, pour ne pas se souvenir de la façade, se promettant de ne plus y penser, d'oublier jusqu'au parfum de cette fille. Il ne parlerait de cette relation à personne, y compris à Frank.

Mais si le corps de Jack était descendu dans la rue, sa tête, elle, était encore là-haut.

12

Extrait nº 3 du journal de Jack

2 janvier

Il n'était pas plus tard que 7 h du matin lorsque *Wallace nous réunit dans la cafétéria. Il faisait les cent pas. J'espérais ne pas l'avoir trop vexé avec cette histoire de photo l'autre soir. Son silence inhabituel et sa passivité me déstabilisaient. Pourquoi était-il si matinal aujourd'hui ?*

— Je vous dois des excuses. À chacun d'entre vous. Depuis que vous êtes entrés dans ces locaux, je n'ai fait que râler et vous manquer de respect. Je suis sincèrement désolé. Je ne vous demande pas de comprendre ni de me pardonner. Je vous demande seulement de m'écouter. J'ai besoin de vous... Je crois qu'il y a une avenue de recherche prometteuse que nous pourrions emprunter ensemble. Or, je n'ai pas la forme physique nécessaire pour mener à bien le projet auquel je pense.

— Au sujet de la nouvelle espèce ? demanda Manjula. Ce dont nous avions discuté...

— Précisément. J'ai soumis l'ensemble de mes spécimens vivants à de basses températures et j'ai moi-même observé leur diapause : un comportement d'inactivité que l'insecte adopte lorsque les conditions sont défavorables à son épanouissement.

— Alors, vous êtes certain ? Il est temps ?

— *Oui. Mais je ne veux rien imposer. J'aimerais étudier le champignon que les guêpes cultivent dans leur ruche. J'aurais besoin d'échantillons. Je me suis absenté quelque temps pour me rendre moi-même à la ruche, sans toutefois y grimper, et j'ai lancé plusieurs fusées de détresse à l'intérieur. Cela n'a pas attiré l'attention des guêpes. J'ai fait autant de bruit que possible. Aucune réaction. Quand je suis revenu, je suis tombé malade... J'aurais dû m'habiller plus chaudement. Je ne voulais pas vous parler de ma sortie. J'aurais aimé tout accomplir seul sans devoir demander votre aide. Ce n'est pas sans risques. Bien sûr, les volontaires devront être très prudents. J'ai toutefois de bonnes raisons de croire que l'expédition en vaut le coup.*

Quel début d'année ! Wallace expliqua les trois objectifs de l'expédition. *Je ne pouvais pas croire que j'étais le seul à trouver la mission terriblement casse-gueule.* Manjula ne disait rien. D'abord, le chercheur voulait qu'on se rende dans la ruche pour récupérer des échantillons du fongus. L'équipe se constituait de Manjula et de moi, puisque Jose et Lauren avaient catégoriquement refusé d'être de la partie pour ce genre de travail. *Une perte de temps,* selon Jose. Ensuite, Wallace demandait que l'on filme l'intérieur de la ruche. Enfin, il tenait à ce qu'on essaie de trouver ce qui avait échappé aux Norvégiens : une reine.

— *Je ne sais pas combien de ruches comme celle-ci sont à Montréal, mais avec davantage d'informations, nous pourrions être en mesure de mener une contre-attaque et de réduire leurs effectifs.*

— *Jack, le docteur Wallace est notre seule chance de vaincre l'insecte,* renchérit Manjula. *Je suis partante. Est-ce que je peux compter sur toi pour m'accompagner ?*

— *Comme je viens de te le dire,* reprit Wallace, *en hiver, le système de la guêpe fonctionne au ralenti. C'est le moment idéal pour l'étudier de près. Et, à présent, ton état et le mien nous permettent de saisir cette chance.*

De la chance ? J'étais loin d'être convaincu. Jose et Lauren s'étaient éloignés avec leur fille. Visiblement, ce projet ne les intéressait pas. Je soupesais la proposition audacieuse. Avec les regards de Manjula et de Wallace rivés sur moi, comment refuser ? Sans eux, je ne serais pas ici aujourd'hui. Il ne faudrait pas croire que c'est avec joie que j'ai accepté leur plan.

— Et comment proposez-vous que l'on grimpe dans la structure ? Il y a bien une dizaine d'étages de hauteur...

Manjula avait la réponse ; lorsque je m'affairais à rassembler mes effets à la boutique de plein air, elle s'occupait de sélectionner de l'équipement d'escalade. Tout était prévu depuis près de deux semaines.

— Pourquoi ne pas m'en avoir parlé plus tôt ?

— Nous voulions te laisser un peu de temps pour...

— Pour quoi, au juste ? Pour oublier ce qui s'est passé ?

— Pour t'adapter. Jack. Je ne voulais pas t'offenser...

— Je vais très bien ! Et je n'ai surtout pas besoin qu'on s'apitoie sur mon sort !

J'ai regretté cet élan de rage gratuit envers Manjula. Si quelqu'un avait été de mon côté depuis mon arrivée, c'était bien elle.

« Désolé d'avoir réagi comme ça. Si je peux me rendre utile en prenant part à l'expédition, et si toi, Manjula, tu me dis que tu as confiance en ce plan, alors j'embarque. »

Bottes à crampons, pics à glace, cordes, harnais, assureur Grigri, casques et caméscope, l'arsenal était prêt. J'ai pris le sabre de Maddie juste au cas où. Sait-on jamais ? Une fois nos manteaux enfilés, nous nous sommes rejoints à l'extérieur. Il faisait un froid mordant. Quand ce n'était pas le vent qui nous tenaillait en transperçant nos vêtements pour geler nos entrailles, l'humidité omniprésente à l'université s'en chargeait. Si seulement on avait pu se chauffer davantage...

Nous avons traversé les rues désertes en raquettes jusqu'à l'Oratoire, en empruntant la voie habituelle de l'échelle puis de la tyrolienne pour nous éloigner sans laisser de traces à proximité du département. La ruche était proche du lieu de culte. Bientôt, elle était là, dressée devant moi, cette énorme masse grise granitique et macabre sur quatre piédestaux qui s'élevait comme un gratte-ciel, recouverte de protubérances qui ressemblaient à des prises d'escalade. Et on devait la gravir de l'intérieur. J'imaginais déjà la reine au dernier étage guettant notre arrivée et nous déchiquetant en confettis comme de vulgaires feuilles de papier. Quel accueil ! J'aurais pu tourner les talons. Il n'était pas trop tard. Pas encore. Mais je ne voulais pas laisser Manjula seule. Alors j'ai enfilé mon harnais en essayant de me rappeler les quelques rares fois où j'avais pratiqué l'escalade avec Frank. J'ai ajusté les sangles des jambes et la sangle ventrale, puis le casque et les bottes à crampons.

Le caméscope avait un écran rabattable qui permettait de visualiser le cadre filmé à condition d'éclairer la scène en question. Sans cela, on n'y voyait rien. Je suis entré derrière Manjula, qui me guidait à l'aide d'une lampe torche à diode électroluminescente et nous avons pénétré dans une des multiples cavités à la base de la ruche. La lampe de poche éclairait les parois d'un semblant de hall d'entrée. Les murs étaient tapis de stalactites et de stalagmites texturées d'alvéoles hexagonales en bas-relief. Un entrelacs d'arches et de piliers en tous sens. Mais pas d'insecte en vue. Pour être franc, j'avais plutôt l'impression d'être dans une caverne que dans une ruche. J'essayais même de me convaincre qu'il s'agissait d'une mine abandonnée, comme le complexe minier de Capelton à North Hatley, histoire de paraître un peu plus calme et, si possible, un tant soit peu courageux. Il ne fallait pas penser à ce qui nous attendait aux étages supérieurs, d'où provenait le bourdonnement sourd résonnant comme une basse continue. Manjula marchait devant avec son fusil, prête à toute éventualité. Je m'étais demandé si elle avait peur. Il n'était pas facile de savoir ce que pensait vraiment Manjula.

L'inclinaison des murs du hall vide n'était pas trop prononcée. On pouvait les escalader sans trop de difficulté à l'aide des pics à glace et des bottes à crampons.

Le deuxième étage était une grande chambre comme le hall, sauf que les parois étaient couvertes de guêpes femelles ordonnées qui battaient simultanément de leurs deux paires d'ailes pour créer un courant d'air chaud. Elles auraient pu passer pour des automates disciplinés, synchronisés, dans un état hypnoïde collectif. Wallace m'avait pourtant dit qu'il n'avait jamais entendu parler d'une faculté homéostatique pour contrôler la température corporelle chez cette espèce d'hyménoptère. Alors, d'où pouvait bien provenir cette chaleur ?

Déjà, j'avais si chaud que j'enlevais mon épais manteau sans penser que c'était mon unique protection contre les piqûres potentiellement létales et les mandibules aiguisées des vespidés, s'ils décidaient de s'envoler et de nous attaquer. De toute façon, ce n'était pas un manteau qui allait les empêcher de me déchirer en lambeaux… Il y avait aussi une drôle d'odeur sucrée et agréable dans l'air. Wallace avait parlé d'une phéromone, une sorte de parfum, capable de dicter un comportement à la guêpe. J'avais l'impression que ces guêpes s'accordaient les unes les autres pour battre des ailes.

Pour l'heure, elles ne semblaient pas indisposées le moins du monde par notre présence. J'espérais qu'il en demeure ainsi. Nous avaient-elles seulement remarqués ? Manjula déposa elle aussi son manteau au deuxième et nous procédâmes à l'escalade jusqu'au palier supérieur dans ce climat tropical artificiel. Heureusement, la paroi était assez inclinée, ce qui rendait l'ascension plus facile que je ne l'avais anticipé. Avec précaution, je grimpais en premier de cordée. À l'aide d'une perceuse à accumulateur, nous forions des ancrages de pitons à expansion et de plaquettes. Dedans, nous avons placé un mousqueton où passait le relais qui nous retenait, au cas où l'on perdrait pied.

Au troisième, les murs étaient recouverts de guêpes mâles, immobiles comme des statues de sel dans un silence solennel et funèbre. Je déglutis. Je savais ce dont ces monstres étaient capables. Vu leur nombre, ça ne leur aurait même pas pris deux minutes pour me tuer. Je me suis dit que c'était le côté positif. Seulement deux minutes avant de mourir. Comme ça, on ne souffrirait pas trop. Mais en m'approchant des insectes cadavériques, j'ai remarqué qu'ils étaient desséchés et qu'ils tombaient en poussière dès qu'on les touchait. Tous les mâles de l'étage étaient dans cet état de décomposition nécrotique.

— Tu parviens à bien capter ce qu'on voit ? demanda Manjula, abasourdie à la vue du paysage sinistre.

J'ai acquiescé. Le caméscope continuait de filmer à mesure que nous nous enfoncions dans les méandres de cette forteresse. Lorsque je grimpais, je le laissais dans mon sac avec le sabre. Puis, je le récupérais à chaque niveau pour enregistrer les moindres détails. En montant, je remarquais que les étages alternaient. Mâles inertes et sans vie. Femelles bourdonnantes. Mâles. Femelles. Toujours ségrégués. Sans se mélanger. Un parfait équilibre hétérogène. Et il devait faire près de vingt degrés Celsius. C'était étrange de me sentir bien. Cette sensation avait-elle un lien avec le parfum sucré ? Quel luxe inespéré que d'être au chaud subitement ! Au Département de sciences biologiques, il faisait toujours froid et humide.

J'apercevais de la clarté à l'approche du dixième étage. Ça ne pouvait pas donner sur l'extérieur, il faisait bien trop chaud pour ça. La luminosité augmentait à mesure que l'on grimpait, si bien que Manjula n'avait plus besoin de la lampe. Lorsqu'on atteignit le dixième, Manjula s'immobilisa devant le spectacle dantesque.

La chambre entière était illuminée d'immenses champignons bioluminescents émeraude et cyan qui dégageaient cette douce chaleur. Le gigantisme des spécimens plus volumineux m'impressionnait : près d'un mètre de hauteur. Des spores incandescentes rouges voltigeaient en suspension dans l'air, émettant des photons par l'oxydation enzymatique de luciférine. On aurait dit des lucioles. De toute évidence, la quantité de chaleur qui se dégageait de la réaction chimique des champignons qui m'entouraient était phénoménale. Je me sentais comme Axel et son oncle géologue, le professeur Otto Lindenbrock, découvrant le centre de la Terre dans le fameux roman d'aventures de Jules Verne [1]. Le sentiment enivrant, euphorisant d'être une des rares personnes à s'initier à ce nouvel univers m'exaltait. Je m'assurais de filmer méticuleusement la précieuse solennité du lieu avec le caméscope. Comment pareille splendeur pouvait-elle exister dans l'antre de la mort ?

Manjula revêtait des gants pour prélever les précieux échantillons du docteur Wallace. Je déambulais parmi les rubis flottants, entre les champignons colorés qui multipliaient mon ombre par dix, par vingt, sur les parois de la salle. Subjugué, je souriais comme un enfant, comme si j'étais dans un état second de sérénité absolue. J'ai erré pendant quelques minutes avant de me retrouver dans une section de la pièce où les mycètes arboraient des bulbes ornés de sépales rigides et de pétales épanouis en dentelle soyeuse. Une excroissance à l'extrémité enflée comme un ballon de football émergeait du centre de la fleur. J'ai mis des gants à mon tour et ai pris mon couteau de poche pour tailler la pointe gonflée et l'étudier de plus près. Une petite perle semblait se trouver à l'intérieur de l'embout sphérique tiède. À force d'éplucher cette galle, je me rapprochais de ce qu'elle renfermait et, bientôt, je tenais dans ma main ce noyau que j'avais pris pour une perle quelques instants plus

1 *Voyage au centre de la Terre*, publié le 25 novembre 1864.

tôt, une poignée d'ongles humains agglomérés, fusionnés. L'enchantement sur mon visage fit place à de l'aversion.

Manjula terminait ses prélèvements lorsqu'elle aperçut mon teint livide. Je lui avais montré la bille d'ongles. Elle ne comprenait pas non plus ce que cela signifiait. Devions-nous rebrousser chemin ou monter à l'étage supérieur ? Il ne devait pas en rester beaucoup, mais…

— Manjula, je ne suis pas certain de vouloir aller plus loin.

— Alors, reste ici. Moi, je préfère en avoir le cœur net. Je n'ai pas l'intention de revenir ici après en être sortie.

— Non, c'est bon… Je t'accompagne !

Je refusais de demeurer seul. J'ai jeté ladite « perle » sur le sol. L'ascension vers le onzième étage me rappela que je redoutais de trouver une reine capable de nous réduire en pièces et l'idée me fit frémir. Pourtant, pas de reine en vue. Mais des œufs ! Et la chaleur constante. Des montagnes d'œufs grenat de la taille d'une balle de baseball, étincelants comme des diamants dans les faisceaux de nos lampes, partout sur les stalactites, sur les stalagmites, sur les arches et sur les piliers. Ici aussi, je dus reconnaître la beauté inattendue de ces insectes. Je me ressaisis aussitôt ; je n'étais plus d'humeur à m'émerveiller béatement. Je regardais, et tout ce que je voyais, c'était la prochaine génération en devenir. Au fond de la salle, j'ai vu une femelle porter des œufs sur son dos, les déposer sur le sol et grimper à l'étage supérieur. Elle nous avait aperçus, pourtant elle n'a fait aucun cas de notre présence, poursuivant sa démarche lente, sans doute pour aller chercher d'autres œufs.

De tous les étages, je dois admettre que c'était le douzième, l'ultime niveau, qui nous réservait le spectacle le plus inattendu. Même les deux niveaux précédents ne pouvaient présager une scène aussi désolante.

Je distinguais, illuminées par la lampe de Manjula, les parois recouvertes de cadavres humains crasseux et déformés.

Une mosaïque de pantins désarticulés. C'était répugnant. J'avançais vers un des corps. Un homme. Du moins, ce qu'il en restait. Ce que je prenais pour une déformation anatomique était en fait une larve de taille moyenne entre le mâle et la femelle, qui avait fusionné avec l'abdomen de son hôte. Je m'approchais de son visage ; il m'apparaissait étrangement bien conservé pour celui d'un cadavre. Jusqu'à ce qu'il ouvre les yeux.

— Que faites-vous ici ? s'écria-t-il comme s'il avait vu un fantôme.

J'étais pétrifié. Sa voix réveilla tous les autres corps que je croyais morts. Ils se mirent à chuchoter entre eux. Et le caméscope continuait de tourner. Manjula m'adressa un regard interloqué qui semblait signifier : « Qu'est-ce que t'as fait ? » Comme si c'était ma faute !

— D'autres humains ? s'exclamaient les voix empreintes d'étonnement.

— Vous ne devriez pas être ici, gémit l'homme.

Leurs corps paralysés étaient maintenus en vie par les larves qu'ils appelaient les pondeuses, précisa le prisonnier. Les hommes et les femmes en captivité pouvaient penser. Ils pouvaient parler. Leurs têtes étaient libres, leurs corps esclaves. Ils étaient condamnés. Si l'on détachait le parasite, ils mourraient. L'homme m'expliqua le principe : l'insecte avait investi le corps de l'hôte et l'énergie des deux organismes en symbiose permettait aux larves parasitaires fécondes de pondre leurs œufs. Pédogénèse, expliqua l'homme : c'est l'action de reproduction d'un organisme physiquement immature, ayant toutefois atteint sa maturité sexuelle. Cette chambre était une usine. De plus, les hôtes étaient imbriqués dans la structure de la ruche, comme une des organelles dans une cellule ; impossible de déloger une sous-unité de l'organisme sans rompre quelque organe vital du prisonnier.

Et ce n'était pas un cauchemar cette fois, c'était la réalité ! Dieu sait que j'essayais de me réveiller en enfonçant mes ongles dans la paume de ma main, en partie pour essayer de me soulager de la nausée envahissante.

— L'article des Norvégiens ne parlait pas de ça ! s'exclama Manjula.

— Qui les aurait crus ?

— Ils auraient pu prendre des photos, rapporter des preuves ! Qu'est-ce qu'il leur a pris ? Qu'est-ce qu'on fait ?

—Je... Je ne sais pas !

— Écoutez-moi, dit l'homme parasité. Vous ne pouvez rien pour nous. Sauf nous tuer. Ce serait le plus beau geste que vous pourriez poser, vraiment. Je vous en prie. Nous étions humains. Nous avions une vie. Aujourd'hui, nous ne sommes plus rien. Dis-moi ton nom. Jack ? Regarde autour de toi, Jack. Que vois-tu ? Les gens que tu vois pourrissent ici depuis des mois, rongés par la souffrance et incapables d'y mettre un terme. C'est un destin profondément malade et malheureux. Regarde-nous. Nous sommes des loques maintenues en vie artificiellement, parfois sacrifiées pour être converties en source de nourriture. Jusqu'à ce qu'il ne reste que quelques os, des dents ou des ongles. Je sais que je demande une énorme et lourde faveur. Comprenez, tous les deux, que vous prendriez la bonne décision en nous rendant notre liberté. Je vous en prie, ayez la grâce de mettre un terme à notre éternité.

— Tuez-nous ! Tuez-nous tous ! imploraient les voix en crescendo. TUEZ-NOUS !

— Pas comme ça ! criait l'homme. Vous allez les effrayer. Ils sont notre seule chance d'en finir avec cette torture ! Taisez-vous, bon sang !

Je ne rêvais pas. « TUEZ-NOUS ! TUEZ-NOUS ! » Le caméscope filmait toute la scène. Je regardais Manjula d'un air inquiet alors que les voix s'intensifiaient et crachaient des insultes ou des supplications pour qu'on abrège leurs souffrances. « TUEZ-NOUS ! TUEZ-NOUS ! » s'époumonaient les otages. Je contemplais mon sabre. Et je ne m'imaginais pas le plonger dans la tête de chaque condamné. J'avais la possibilité de mettre fin à leur vie, de les faire taire à jamais. Mais je ne m'en sentais pas capable. Pas comme ça. Étais-je un lâche ?

13

L'insecte et le feu

And after all this time
And after all the ambulances go
And after all the hangers-on are done
Hanging on to the dead lights
Of the afterglow
I've gotta know
Can we work it out?
Arcade Fire, *Afterlife*

— Nous sommes face à un dilemme moral, déclara Manjula au groupe rassemblé autour d'une des tables de la cafétéria.

Tout le monde y était sauf Nina. Manjula poursuivit :

— Nous avons une décision à prendre. Il y a quatre jours que nous sommes revenus de l'expédition dans la ruche. Je vous ai exposé la situation et vous ai demandé d'y réfléchir. Je réitère les faits : le dernier étage du nid est chargé de prisonniers. Ils servent d'hôtes à une sorte de guêpes sans ailes qui les utilisent pour pondre leurs œufs. Il n'y a aucun moyen de les sortir de leur prison et de leur permettre de continuer à vivre. Si on les détache, ils meurent. Les questions sont les suivantes : en tant que groupe, nous sentons-nous touchés par cet enjeu ? Est-ce notre devoir d'intervenir ? Et si oui, en sommes-nous capables ? Comment procéderons-nous ?

— Qu'entendez-vous, au juste, par intervenir ? demanda Lauren.

— Je crains que la seule solution soit de les tuer… regretta Manjula.

— Quoi ? s'écria Lauren. Tu n'es pas sérieuse ! Ce n'est pas bien…

— C'est pour cette raison que nous sommes ici, rappela Wallace.

— Nous perdons notre temps, proclama Jose en se levant. J'en ai assez entendu, je ne me sens pas concerné. Ce n'est pas notre rôle.

— Jose, rasseyez-vous ! intervint Wallace. Mettez-vous à leur place. Vous avez constaté de visu le piètre état dans lequel ils se trouvent. Ces gens sont prisonniers depuis des mois, maintenus en vie artificiellement contre leur gré, et ils ont démontré le désir de mettre un terme à leurs souffrances. Si ce n'est pas notre rôle, qui s'en occupera ? Ce n'est rien de plus qu'un dilemme de mort assistée et je nous crois capables d'opérer de manière civilisée.

— Et toi, Jack, qu'en penses-tu ? s'enquit Manjula.

— Je me sentirais coupable d'agir. Également coupable de ne pas agir. Si ça se trouve, nous sommes les seules personnes au courant de leur situation, les seules à pouvoir changer leur sort. Mais en même temps, il faudra assumer les conséquences de nos actes. Comment choisir entre l'action et l'inaction lorsque les deux options sont aussi difficiles ? Nous nous situons entre le marteau et l'enclume.

Manjula fronça les sourcils.

— Je n'ai pas la réponse à cette question… Et je ne peux pas répondre à ta place. Nous sommes cinq. Je propose un vote démocratique pour prendre une décision légitime. Est-ce une suggestion acceptable ?

L'assemblée fit signe que oui.

— Ceux en faveur d'une intervention, levez la main ! ajouta-t-elle.

Manjula, Jack et Wallace se manifestèrent.

— Ceux en...

— Oh, ça va ! s'emporta Jose. Faites ce que vous avez à faire. Je ne veux plus en entendre parler ni être impliqué. Vous vous mêlez de choses qui ne vous regardent pas. Ça va finir par mal tourner, je vous préviens. Des risques inutiles et du temps perdu, voilà ce que c'est.

Lauren et Jose quittèrent la pièce. Suivit un lourd silence.

— Alors on va les tuer ? C'est ce qu'on vient de décider ? demanda Jack.

— Ils sont morts le jour où ils ont été capturés, énonça calmement Wallace.

— On ne peut quand même pas les tuer un à un... Ils sont des centaines ! Quel est le meilleur moyen ?

— J'ai beau réfléchir, je ne vois rien d'autre que...

∾

Le lendemain matin, Jack et Manjula se levèrent de bonne heure et commencèrent à empiler, dans le hall d'entrée de la ruche, du bois provenant de meubles détruits, extrait des boutiques et habitations avoisinantes. Au bout de quelques heures, la voix de Jose retentit :

— Plutôt impressionnant...

— Qu'est-ce que tu fais ici ? demanda Manjula. Je croyais que c'était une « perte de temps ».

— J'ai changé d'idée.

— Pourquoi ?

— Y'a que les fous qui ne changent pas d'idée !

Il devait être près de 16 h lorsque Jose estima que la quantité de bois était suffisante. L'équipe déversa quelques jerrycans d'essence sur le tas de bois et Jack sortit un paquet d'allumettes.

— C'est ainsi que ça finit ? On les enfume et ils étouffent ? demanda Manjula d'une voix cassée. Du coup, les guêpes subissent le même sort.

— Allez, au moins comme ça personne ne se salit les mains, trancha Jose, impatient.

— Manjula, es-tu certaine que c'est la bonne chose à faire ? lança Jack.

— Non. Mais je me mets à leur place…

Les morceaux de bois s'embrasèrent et Jack, Manjula et Jose sortirent du nid. Très vite, la fumée se répandit dans toute la ruche, grâce au mouvement d'air issu du battement d'ailes des guêpes.

Le trio contemplait l'incendie lorsque le bourdonnement s'intensifia en une progression qui n'avait rien de rassurant. Tout à coup, par vagues phénoménales, les guêpes fusèrent hors des entrées de la colonie tel un volcan en éruption à l'envers. On aurait dit le Vésuve sur Pompéi déjà en cendres.

Jack, Manjula et Jose s'éloignèrent à toute vitesse avec leurs raquettes dans la neige poudreuse pour observer la colonie s'élever haut dans le ciel dans une danse effrénée. Bien vite, les guêpes éprouvèrent de la difficulté à voler à cause du froid. Les plus petites commencèrent à tomber, tandis que les plus charnues semblaient chercher les responsables de l'incendie.

Lorsqu'elles repérèrent les trois silhouettes coupables, elles foncèrent dans la pleine mesure de leurs moyens, malgré le vent et le froid. Le trio se mit à courir en direction du bâtiment le plus rapproché pour y trouver refuge. Jose, le plus rapide, s'y précipita en premier et referma la porte derrière lui.

— Jose ! Ouvre cette porte immédiatement ! ordonna Manjula.

— C'est trop risqué ! répliqua-t-il en s'appuyant contre la porte.

— On a encore le temps ! On a...

La porte refusait de s'ouvrir et l'essaim de vespidés était tout proche à présent. Au dernier moment, Jack et Manjula se ruèrent sous un autobus aux vitres perforées.

Jack dégaina son sabre et trancha des pièces de guêpes à mesure qu'elles progressaient vers lui. Jamais il n'aurait cru affronter plusieurs de ces saloperies de si près, voir leurs mandibules tranchantes comme des lames de rasoir claquer à quelques mètres de sa personne. Un liquide bleu-vert s'écoulait des morceaux de chitine qui volaient dans tous les sens, une purée de ganglions, de segments d'antennes, de palpes, de thorax, d'encéphales, de nerfs, d'œsophages et d'yeux composés. Wallace avait mentionné que l'hémolymphe des insectes ne contenait pas d'hémoglobine, la protéine à laquelle les vertébrés doivent la couleur rouge de leur sang. La lame fendait l'air et les insectes se faisaient hacher en fractions avant même de pouvoir coaguler efficacement. Mais s'il en découpait une, il semblait toujours s'en trouver le double derrière, revenant à la charge en surnombre comme les têtes de l'Hydre de Lerne.

Manjula donnait des coups de raquette plus ou moins efficaces, peinant à les tenir à distance. Haletant, en panique, Jack ne pouvait pas croire que tout finirait ainsi. Manjula émit un hurlement de douleur. Sa jambe gauche saignait. « Ce n'est qu'une éraflure ! prétendit-elle. N'abandonne pas ! » Plus les guêpes se rapprochaient, plus les mouvements de Jack et de Manjula devenaient frénétiques. À l'inverse, les insectes semblaient faiblir en raison du choc thermique. Bientôt, ils commencèrent à geler et leurs mouvements ralentirent au point où Jack put se frayer un chemin à l'aide du *wakizashi*.

Lorsque Jack et Manjula émergèrent de dessous le bus, des guêpes pétrifiées par le froid couvraient un rayon de plus de deux cents mètres autour de la ruche. On ne voyait même plus la neige. Tel était donc leur talon d'Achille : le froid ! Ils échangèrent un regard complice et leur rire nerveux se transforma en rire de bon cœur. L'hilarité vint à terme lorsque Manjula se rappela Jose en grinçant « fils de pute » entre ses dents, pressant sa main contre sa cuisse écorchée.

— Tu nous dois des explications ! lança Manjula en empoignant Jose par le col lorsque tout le monde fut rentré à l'université. J'espère que tu as de bonnes raisons, parce que tu as failli nous tuer !

— J'ai fait ce que je devais faire pour rester en vie, pour protéger MA famille ! se défendit-il. Vous et vos plans pour qu'on finisse tous morts.

— Je croyais qu'on était du même bord !

— Qu'est-ce que tu veux que j'te dise de plus ? J'ai réagi trop vite sous l'adrénaline ! J'aurais dû vous laisser entrer. Je ne pensais pas en avoir le temps. Je vous avais prévenus que ce serait dangereux.

— Menteur ! Espèce d'hypocrite ! T'es vraiment un salaud, maugréa Manjula en approchant son visage courroucé de celui de Jose. T'aurais eu le temps. Tu ferais mieux de faire attention, je t'ai à l'œil.

— C'est une menace ? siffla-t-il en esquissant un sourire provocateur.

Manjula leva la main pour gifler Jose, mais il attrapa son avant-bras et la repoussa brusquement.

— La prochaine fois, vociféra Jose, y'aura peut-être pas de bus.

14

LA DÉCOUVERTE

Empty spaces – what are we living for
Abandoned places – I guess we know the score
On and on, does anybody know what we are looking for…
Queen, *The Show Must Go On*

MI-JANVIER. Une semaine s'était écoulée depuis l'incendie de la ruche. Charles Wallace était parvenu à élever quelques souches de champignons dans un milieu à base de gélose. En l'espace de quelques jours, ils s'étaient remarquablement développés. À la base du pied de l'organisme, la volve agissait comme le réceptacle des offrandes sanguinaires des guêpes. Afin de subvenir aux caprices du *vampirisme fongique*, Wallace avait procédé à quelques prises de sang sur des volontaires. En retour, le champignon s'était mis à diffuser une chaleur exceptionnelle, si bien que le niveau de vie au département avait désormais la possibilité de remonter. Certes, il ne faisait pas aussi chaud que dans la ruche, mais Wallace prétendait que, lorsque les champignons se reproduiraient, l'atmosphère deviendrait plus confortable, réconfortante même.

Une ambiance confortable n'était pas le terme exact à l'heure actuelle. Bien sûr, la souche de mycètes placée dans la cafétéria permettait un havre de chaleur, mais depuis l'incident, Jose et Manjula ne s'adressaient plus la parole. Les tensions étaient palpables. Un froid que le fongus ne comblait pas. Seule Nina faisait preuve d'amphibie sociale parmi le groupe hétérogène en se mêlant tantôt à Jack et

Manjula, tantôt à ses parents. Wallace, lui, restait dans son laboratoire. Rien de nouveau.

— N'aviez-vous pas mentionné la production d'un nectar par les champignons ? avait demandé Jack.

— Oui, c'est juste, précisa Wallace. Or, en hiver, j'ai l'impression que l'organisme investit toute son énergie dans la production de chaleur pour maximiser la survie de son partenaire symbiotique. Peut-être qu'en période chaude, nous serons témoins de la synthèse de leur élixir.

Les réserves d'exécrables céréales sèches et cartonneuses, toujours aussi fades, ne semblaient pas s'épuiser. Le placard en était encore gorgé. Si l'absence de goût de l'aliment pâteux ne fournissait aucune satisfaction gustative, en revanche c'était rassurant d'en avoir en quantité industrielle.

Gérer l'ennui était une tâche récurrente. C'était d'ailleurs ce dont parlait le *Basic Survival Materials* compilé par le 21ᵉ Groupe de Scouts de Regina, petit manuel que Manjula avait offert à Jack, en vue d'emprunter le lecteur CD pour retrouver l'ambiance des Wagner, Durand, Tchaïkovski et Satie. Elle avait déniché le livret dans la poche d'un vieux sac de camping lors d'une sortie. Ayant entendu parler du projet d'expédition jusqu'à l'île hypothétiquement viable, elle avait jugé le manuel à propos, bien qu'elle ne fût pas convaincue de la faisabilité d'une telle excursion.

La première chose que l'on apprenait du petit guide à couverture jaune était la suivante : il fallait pouvoir compter sur soi et sur soi seul pour survivre aux pires scénarios. Ensuite, l'auteur développait un éventail de thèmes dont l'hypothermie, l'utilité des périodes de repos fréquentes, les premiers soins, la fabrication d'abris, l'architecture d'un feu, la cuisine en milieu sauvage, quelques conseils de chasse et pêche, des suggestions telles que de maintenir un inventaire, de rédiger un journal, de garder l'esprit occupé pour éviter l'attente et les temps morts, maintenir l'esprit actif, la cuisine en milieu sauvage et, enfin, l'importance d'établir une routine. On y trouvait aussi quelques prières, des astuces de navigation, des notions de météorologie, de soin des pieds, en finissant par les nœuds que Jack connaissait déjà assez bien.

Malgré les livres, les jeux de société, les parcours pour Sydney avec Nina, les séances d'entraînement régulières avec la bicyclette stationnaire trouvée dans une remise et les sorties occasionnelles avec Manjula, le temps semblait s'écouler lentement. Les cauchemars étaient devenus plus rares. Jack était retourné quelques fois à l'appartement incendié, avait repassé du charbon sur les lettres des messages qu'il avait laissés sur les portes de garage, sans trouver de trace de Frank. Bien que le temps semblât passer avec la lenteur d'un gastropode paralysé, il passait tout de même : Jack avait eu 24 ans. Il n'avait souligné son anniversaire qu'en le mentionnant dans son journal. L'humeur à la faculté n'était pas à la fête.

∽

Concernant l'île, Manjula et Wallace sont désormais au courant. Il reste les autres. Je leur dis ou je leur dis pas ? Je ne tiens pas à voyager avec Jose. Je ne peux pas leur cacher l'existence d'un tel lieu pour autant. Si ça se trouve, Jose ne nous suivra même pas...

∽

Mars. La neige avait fondu prématurément. Tous l'avaient remarqué. Pourtant, même si les premières plantes commençaient à bourgeonner et que les perce-neiges sortaient de terre, aucune guêpe n'était apparue pour l'instant.

— J'ai quelque chose à vous annoncer, déclara Jack un matin qu'il avait rassemblé le groupe autour de la table. Je dois partir pour une ou deux journées.

— Où ça ? demanda Nina.

— En banlieue, sur la Rive-Sud de Montréal. C'est là qu'habitaient mes parents. Comme vous le savez, je vais partir vers Main Duck Island dans moins d'un mois. La température est devenue assez clémente, et j'ai suffisamment étudié la géographie de la route, entre ici et Kingston, pour savoir me repérer aisément. Je sais que certains d'entre vous n'ont pas encore décidé de m'accompagner. C'est un chemin risqué et je ne vous en voudrais pas d'éviter ce risque. Donc, avant que je parte pour de bon, j'ai besoin d'aller voir une dernière fois la maison où j'ai grandi.

— Pourquoi ? insista Nina.

— J'en ai besoin.

— Dans ce cas, je viens avec toi ! répondit Manjula sans la moindre hésitation. Donne-moi trente minutes pour préparer mon sac et je serai prête.

— C'est hors de question, refusa Jack. Il faut que j'y aille seul.

— Allons, ça me ferait plaisir de t'accompagner.

— C'est gentil de vouloir venir, Manjula, mais je peux m'en sortir seul.

Jack pensait qu'elle serait plus difficile à convaincre. Manjula commençait à le connaître assez bien pour savoir quand insister et quand céder. Jose et Lauren avaient écouté sans mot dire.

Jack rassembla ses effets sur le divan qui lui tenait office de lit. Quelques vêtements, sa carte de Montréal, une lampe frontale et son journal. Manjula vint s'asseoir avec une petite boîte en métal brillant entre les mains.

— C'est plutôt risqué de retourner seul sur la Rive-Sud, tu ne trouves pas ?

— Main Duck aussi, ça l'est. Mais à un moment donné, il faut faire des choix et prendre des décisions. On ne peut pas toujours vivre dans la peur et emprunter le chemin le plus sûr. Parfois, on fait des choix personnels. Je crois que c'est ce qui nous rend humains. C'est la seule chance que j'aurai de revoir le lieu où j'ai grandi, de revoir un endroit associé à tant de bons souvenirs.

— Très bien, grand philosophe. Si t'es certain de ne pas vouloir être accompagné, alors laisse-moi au moins te montrer un truc, dit-elle en arborant un sourire discret.

Elle souleva le couvercle du réceptacle argenté. Tout au fond, se trouvaient deux canifs affûtés ainsi que deux étuis en tissu rigide.

— Le premier fourreau est conçu pour tenir à ta ceinture, expliqua-t-elle. Et celui-ci…

Manjula découvrit la cheville droite de Jack. Il sursauta imperceptiblement au contact des doigts de Manjula sur sa peau. Elle y fixa la bande auto-agrippante du fourreau comme un bracelet au-dessus de la rotule. Cette gaine servait à dissimuler le deuxième couteau sous son pantalon.

— C'est juste une précaution supplémentaire. Ça pourrait t'être utile dans certaines situations, du moins davantage qu'un pistolet et trois balles. Jack, sois prudent. T'es important pour moi.

Ils se dévisagèrent en silence, un sourire gêné au coin des lèvres. À cet instant, Wallace vint également glisser un mot à Jack avant son départ.

— Je suis venu te souhaiter bonne chance. Il fallait que je te dise : ton plan pour l'île… Enfin, on s'en reparlera à ton retour. L'aventure m'intéresse ! J'ai commencé à compiler un almanach de notes pour cultiver sur l'île, gérer les espèces nuisibles et les pathogènes communs. Je n'ai pas tout à fait déterminé comment je vais faire. Je ne marche ni très vite ni très longtemps. Mais nous prendrons le temps d'y réfléchir à ton retour. L'important, c'est que tu nous reviennes en un seul morceau !

15

UNE DERNIÈRE FOIS

Viendras-tu avec nous, viendras-tu avec nous, étranger ?
Ou resteras-tu au sol, ou resteras-tu au sol, habitué ?
Il ne reste que peu de temps avant vendredi
Que tu partes ou tu restes, tout est fini
Nous ne reviendrons plus... du paradis perdu
Jean Leloup, *Paradis perdu*

JACK PASSA SON SAC À DOS sur ses épaules, se revêtit d'un parka noir et de bottes. Il grimpa sur le toit pour emprunter le chemin que Manjula lui avait montré et éviter les pièges à acide nitrique. Presque toute la neige avait fondu dans les dernières semaines, découvrant les corps ensevelis depuis l'automne.

Il faisait nuit et le ciel dégagé laissait la lune éclairer la métropole endormie. Jack prit la route pour la Rive-Sud et se mit à longer un grand boulevard en sirotant un thé vert fumant dans une tasse thermale. Il aurait pu emprunter les stations de métro pour s'y rendre, mais il avait opté pour prendre l'air, malgré l'odeur nauséabonde des corps. Peu de gens voyageaient de nuit ces temps-ci. S'il y en avait, on les voyait souvent de loin avec leurs lampes ou leurs flambeaux. Par prudence, Jack gardait l'oreille attentive au moindre son et se retournait sans cesse pour vérifier s'il n'était pas suivi. Il ne parvenait pas à se débarrasser de l'impression d'être épié malgré ses coups d'œil furtifs dans toutes les directions.

En allant rejoindre l'autoroute 15, il aperçut deux ratons laveurs qui fouinaient dans une pile de détritus. Il sourit à la vue des rongeurs tactiles qui le dévisageaient sans sourciller, presque incrédules. Peut-être avaient-ils perdu l'habitude de voir des bipèdes en voie d'extinction.

Rue après rue, le paysage était plus ou moins le même. Bâtiments fracturés, lézardés, décrépits : épicerie, café, nettoyeur, concessionnaire automobile, station-service... Paysage morose, grisâtre, éclairé de quelques pousses juvéniles de plantes hâtives. Écriteaux en tout genre, peints, gravés ou vaporisés de peinture en aérosol, parfois accompagnés de fleurs desséchées. *Ci-gît Makoto. Louisa est partie vers le nord. Je t'aime C. P.* Tantôt des messages, tantôt des prières.

La route était encombrée d'automobiles aux parebrises défoncés. Impossible d'emprunter la route en voiture à présent. Par contre, à pied, il suffisait de se faufiler entre les véhicules. À mesure qu'il avançait, Jack regardait s'il y avait de quoi d'utile parmi les carcasses. Elles avaient été dépouillées de fond en comble depuis longtemps.

Jack atteignit l'île des Sœurs, l'endroit où le pont Champlain aurait dû apparaître. Les épisodes sismiques avaient eu raison des piliers et le tablier n'existait plus qu'en morceaux dans les torrents du fleuve. Une crête entre les rives. La travée découpait les vagues et faisait naître des ressacs. L'écume venait mourir sur ces récifs artificiels. En arrière-plan, la Rive-Sud. Si près. Si loin.

— Bon, ce n'est pas si surprenant, se dit Jack en fixant les restes du pont Champlain. Il fallait bien s'attendre à des imprévus de toute manière. Ce n'est pas une raison pour rebrousser chemin. Il suffit d'être vigilant pour rejoindre le pont Victoria.

Plusieurs mois plus tôt, dans la station de métro, on parlait des rivages du centre-ville. On murmurait des histoires d'horreur sur ceux qui se les étaient appropriés :

des rumeurs infâmes et sanglantes sur ces brigands sans foi ni loi. L'eau était source de nourriture et de vie. Elle se défendait chèrement. C'était une des raisons qui avaient poussé le groupe à demeurer à l'écart.

Jack décida de braver la rive en longeant l'autoroute Bonaventure, tout en gardant son pistolet dans sa main droite, dissimulée dans la poche de son parka. Malgré le nombre de fois où il avait entendu parler des tueries au bord du fleuve, il n'y rencontra personne. Conteneurs, wagons, entrepôts, terrains vagues, grues, Habitat 67 : un désert.

Au bout d'une heure et demie, la structure métallique du pont Victoria éclairée par la lune se dessinait clairement comme les vertèbres du squelette d'un long serpent d'acier. Plus loin encore, en direction du Vieux-Port, Jack devinait la silhouette d'une autre ruche. Mais il n'était pas question qu'il y aille pour répéter l'expérience. En regardant vers le centre-ville, il pouvait apercevoir l'enseigne lumineuse Farine Five Roses des meuneries historiques Ogilvie, rue Mill. Par-delà le canal Lachine et Griffintown, il distinguait le relief du 1000 De La Gauchetière, de la Tour de la bourse, de Place Ville Marie et d'autres édifices, dont les noms lui échappaient. Il détourna le regard une fraction de seconde et les édifices avaient disparu. Il se borna à scruter l'horizon, mais les immeubles n'étaient plus là. Il était si habitué de les voir à cet endroit qu'il se les était imaginés toujours à leur place tandis qu'il n'en restait que des tas de pierres, des ruines.

Persuadé d'avoir aperçu un mouvement vers la droite, il s'accroupit derrière une berline. En examinant la route, son regard s'arrêta sur un homme habillé d'un manteau en cuir qui dépouillait lentement les voitures une à une, emplissant un large sac sur son dos. S'il s'approchait, l'homme le verrait. *Il est seul*, pensa Jack en se relevant depuis l'automobile. *Si ça tourne au vinaigre, je n'aurai qu'à sortir mon pistolet et il me laissera passer.* Jack inspira profondément et se leva. En le voyant, l'homme le salua de la main sans rien dire. Jack passa à côté de l'inconnu d'un pas méfiant. L'homme ne semblait guère gêné de sa présence. Lorsqu'il fut assez loin, Jack lui lança :

— Ne vous attardez pas. Vous ne trouverez pas grand-chose dans ces carcasses.

— On dirait bien que je ne suis pas le premier à être passé par ici… conclut l'étranger. Où vas-tu comme ça ?

— Ça ne vous regarde pas.

— Tranquille, tranquille. J'allais sur le pont également.

Jack le dévisagea d'un air dubitatif. *J'aurais mieux fait de me taire*, pensa-t-il. L'homme s'approcha, le dépassa, et se mit à flâner nonchalamment sur le chemin de fer du pont. Avec sa barbe de quelques mois, il semblait avoir une trentaine d'années. Il paraissait un peu trop insouciant selon Jack qui resserra sa prise sur le Ruger 9 mm chargé de trois balles. *Ce type a l'air louche. S'il tente quoi que ce soit, il faut être prêt à réagir.*

L'homme se déplaça sur le côté du pont où circulaient les voitures et s'accota sur la rambarde, l'air songeur. Sous l'arche qui reliait les deux rives, la crue printanière emportait les derniers fragments de glace. Il escalada la balustrade et s'assit les pieds dans le vide. Jack avait cessé de marcher. L'homme se savait-il ainsi observé ? Il n'avait pas l'air d'avoir toute sa tête. Allait-il sauter ? Jack ne put se contenir.

— Vous allez vous tuer ! s'écria Jack.

— Es-tu toujours aussi perspicace ?

— Allons, ne faites pas ça, remontez de l'autre bord !

— T'es ben gentil, le jeune, mais j'ai pris ma décision. J'ai dit que j'allais sur le pont, pas que je le traversais.

— Attendez, ne sautez pas tout de suite !

— Tu perds ton temps pour un homme dont tu ne connais même pas le nom !

— Je m'en fiche. Attendez ! l'implora Jack qui réfléchissait à toute allure. Je m'en vais sur la Rive-Sud et je reviens par ce pont. Accompagnez-moi ! On peut discuter.

L'homme demeura immobile en contemplant le fleuve en dessous de lui. Au bout d'un moment, il escalada de nouveau la rampe et remit les pieds sur le pont.

— Éric, fit l'étranger.

— Jack.

Ils ne se serrèrent pas la main. Jack tenait à garder ses distances, du moins tant qu'il n'en savait pas davantage. Le sentiment paraissait réciproque.

— J'ai grandi à Longueuil, confia Éric au bout de quelques centaines de mètres, comme s'il éprouvait le besoin de combler le silence. Mon père avait un garage. Ma mère travaillait dans un café-boulangerie... Tu sais, au bout de Simard, proche de la station-service ; ça te dit quelque chose ?

— Ouais, répondit Jack. J'allais manger là parfois avec mes parents.

— Tes parents, ils sont... morts ?

Jack hésita. Il ne voulait pas dévoiler la théorie de l'île à n'importe quel inconnu. Éric interpréta son silence pour un oui et reprit :

— Les miens aussi, ajouta Éric. Et mes amis, mes collègues. Et... tous les gens que je connaissais. Je pense à eux tout le temps. Chaque jour qui passe me rappelle que le monde dans lequel on vit est... est...

— Désolé, s'excusa Jack en prenant un air sincère pendant qu'Éric cherchait le mot juste.

— Es-tu vraiment désolé ? À quoi bon être désolé si ça ne change pas ce qui s'est passé ?

Jack ne trouva rien à répondre. Le pont offrait un mirador à vue panoramique sur les îles Notre-Dame et Sainte-Hélène, le circuit de courses automobiles Gilles-Villeneuve fissuré, le parc Jean-Drapeau, le casino et l'ancien pavillon américain de l'Exposition universelle. Au loin, on devinait la forme caractéristique du pont Jacques-Cartier devant le parc d'attractions. La voie ferrée aboutissait sur l'avenue Victoria après avoir surplombé les écluses et l'estacade qui longe la Voie maritime du Saint-Laurent.

— Je peux te demander pourquoi t'allais sauter ? s'intéressa Jack.

— Je peux te demander pourquoi tu m'en as empêché ? reprit Éric du même ton.

— Je suppose que je pense que tu peux vivre. Je pense que quand on a des idées noires, c'est pour un moment, puis ça passe. Ce qui est difficile, c'est d'affronter les moments où tout va mal.

— Ha ! ricana Éric. Bonjour l'optimisme ! Vivre ? Aujourd'hui, on ne vit plus. C'est une dichotomie. Ou c'est blanc, ou c'est noir : ou l'on survit, ou l'on meurt. Tu le sais aussi bien que moi. Tout va mal. Mourir, c'est facile : c'est vivre qui est difficile.

— J'ai connu ça. Je sais ce que tu…

— Je ne pense pas, non. Rends-moi service et épargne-moi un sermon.

À la sortie annonçant une grande artère proche de chez Jack, ils bifurquèrent à droite et marchèrent au détour d'un parc où les enfants du voisinage aimaient jouer avant l'infestation. Jack ralentit le pas pendant un court instant. La vue familière des filets de soccer, des modules et des balançoires faisait ressurgir des souvenirs. L'aube se levait sur Brossard.

— Bon, si tu dois savoir, reprit Éric. J'allais sauter parce que je pense qu'il ne reste plus rien qui vaille la peine d'être vécu. Plus rien n'a de sens. Cette vie est un poison, un calvaire. Avant même d'en prendre conscience, tu es contaminé. Même toi, Jack. Même si tu ne le sais pas encore.

— J'avais une amie qui s'appelait Manjula, révéla Jack. Elle était journaliste, souvent envoyée pour couvrir des reportages en zone de conflits ou après des désastres naturels. Un jour, elle m'a expliqué que la vie n'a pas de sens propre. C'est notre devoir de lui en donner un. Même aujourd'hui, même après tout. Les gens s'inventent des raisons de vivre. Il ne faut pas s'attendre à trouver le sens comme on trouve une pièce de vingt-cinq cents dans la rue, il faut le créer.

— Comment ? questionna Éric, l'air hagard.

— Dans le temps, c'était en élevant une famille, en tissant des amitiés, en pratiquant un loisir ou des sports, en allant aux études, grâce à une carrière, un chez-soi, une voiture, des voyages, du bénévolat, une collection, ainsi de suite…

— Mais aujourd'hui, il ne reste rien de ça !

— Il reste des gens...

—...qui veulent ta peau et te prendre le peu qu'il te reste, souligna Éric.

— Je refuse de croire qu'ils sont tous comme ça.

— T'es un bon gars, Jack. Comment se fait-il que tu sois encore vivant et qu'il ne te soit rien arrivé, hein ?

T'as pas idée, pensa Jack. Il se contenta de se taire et de hausser les épaules. Le boulevard Taschereau était semblable en tous points à l'autoroute, sauf qu'en plus des voitures carambolées aux vitres éclatées, il y avait des devantures de magasin défoncées. Le temps semblait tout aussi figé en banlieue qu'en ville.

— C'est bon de parler, remarqua Éric. Je ne me souviens pas de la dernière fois que j'ai eu une bonne discussion comme ça. Tu te souviens dans le temps ? Quand on croisait des gens dans la rue en ville et qu'on ne les regardait même pas ? Ah, l'élégance avec laquelle on s'ignorait !

— Déposez tout ce que vous avez ! cria une voix derrière eux.

Dans la poche de son manteau, Jack tenait toujours son pistolet. Il se retourna. Une femme brandissait un fusil à canon scié de type *lupara*. Jack était pleinement conscient qu'il ne serait jamais assez rapide pour dégainer et la descendre avant qu'elle ne tire. Peut-être serait-il assez rapide pour abandonner son sac et courir plus vite qu'Éric. Après tout, il ne le connaissait pas. Empêcher quelqu'un de sauter d'un pont ou devoir choisir entre sa propre vie et celle de l'autre… Deux poids, deux mesures. Ensuite, il pourrait revenir chercher son sac lorsque cette voleuse ne s'y attendrait pas. L'assommer par-derrière. Trouver une solution.

Ils déposèrent leurs effets sur le sol. Jack déposa son sabre et son canif à la ceinture. Il conserva son Ruger 9 mm dans sa poche et son couteau à sa cheville droite.

— Vos poches aussi, ordonna la femme. Je vous laisserai partir après.

Jack hésita. Il comprit vite qu'il n'avait pas le choix s'il voulait avoir une chance de s'en sortir vivant. Une chance hypothétique, soit dit en passant, car rien ne garantissait qu'il puisse repartir indemne après. Il obéit.

— Retournez-vous et avancez !

Jack procéda. Éric demeura en place. Du coin de l'œil, Jack le vit se pencher et ramasser le pistolet tout calmement, presque comme s'il ramassait un ballon de foot qu'il allait lancer à un ami.

— Bon travail, Carine, dit Éric en ramassant également le sabre pour l'observer sous tous ses angles. Tiens, il est vraiment pas mal, ce katana !

Carine pointait toujours Jack avec son arme. Ses traits étaient maintenant bien plus détendus. Elle souriait. Elle jubilait.

— J'arrive pas à croire que t'en aies trouvé un qui s'est laissé avoir aussi facilement, se réjouit-elle en embrassant son conspirateur. Un pistolet en plus ! Il aurait tellement pu tirer à travers son manteau, mais il ne l'a pas fait. Qu'est-ce qu'on a aujourd'hui ?

Éric déversa sur le sol le contenu du sac à dos de Jack.

— Des vêtements, un baladeur, un peu de bouffe et ah ! regarde ça, dit Éric en lançant le journal de Jack à Carine. On dirait que notre ami nous écrit un bouquin !

— Ah tiens, de l'écrivain, ça on n'en a encore jamais mangé ! plaisanta Carine.

Il ne fallut pas plus d'une seconde pour que Jack comprenne qu'il était l'objet d'une mutinerie. Ils étaient de mèche. Comment avait-il pu être aussi naïf, au nombre de fois où Jose lui avait répété de ne pas faire confiance aux inconnus ?

— Et si je l'ouvrais à une page au hasard ? enchaîna Éric.

— Referme ça tout de suite !

— Petit Jack s'ennuie de sa famille, c'est mignon. T'as déjà trouvé un titre ?

— La ferme ! Rends-le-moi !

— Crois-moi, ça m'embête de faire ça, Jack. J'ai bien aimé notre brin de jasette. Tu es un bon gars. Intelligent aussi. Tu as compris que si tu courais, tu ne pourrais pas aller bien loin avant que ma douce te…

Éric imita le bruit d'un coup de feu en faisant semblant de tirer avec ses doigts en forme de revolver. Puis, il souffla sur le bout de ses doigts et émit un rictus hypocrite en soufflant du nez.

En vérité, Jack ne songeait même plus à s'enfuir. Il était sous le choc, il venait de se faire avoir comme le pire des innocents sans flairer la ruse.

— C'est bon, j'ai compris. T'es fier de ton coup, dit Jack. Maintenant, je peux partir ?

— Aïe… Tu vois, Jack, c'est pas aussi simple, répondit Éric en se frottant le front d'un air faussement embarrassé. On va en discuter en marchant, d'accord ?

— Je ne vais nulle part avec vous.

— Ah ! Ne nous rends pas la tâche plus difficile, gémit Carine d'un ton pseudo-plaintif arrogant.

Subitement, Jack dégaina son dernier couteau et se jeta sur Éric. Il parvint à lui infliger des coupures superficielles, mais son adversaire prit rapidement le dessus en réalisant une clé de bras et Jack laissa son couteau.

— Mauvaise décision. Sors-nous donc un bout de corde, cria Éric à son acolyte qui braquait son fusil sur la tempe gauche de Jack. On a un poisson vigoureux !

En quelques secondes, les poignets de l'otage étaient solidement ficelés. Le couple se mit en marche, poussant le prisonnier devant eux.

— Ça vous avance à quoi de faire ça ? demanda Jack.

— Tu n'aimeras pas la réponse, avertit Carine.

— M'en fous.

— Fais gaffe à ce que tu dis, le jeune. Ce n'est pas parce que la fin du monde est arrivée qu'il ne faut pas soigner son vocabulaire. Tout le monde doit gagner son pain et manger. Pour nous, cette tactique représente un moyen de survivre. Une belle prise comme toi, c'est de la viande pour quelques semaines ! Hé, Éric, tu le veux comment ? Tartare ou barbecue ?

Sur le coup, Jack se sentit abruti de s'être servi de sa dernière arme de manière aussi impulsive. Il avait une chance de s'en sortir et il venait de la jeter au bout de ses bras comme un enfant qui jette un jouet.

Un coup de feu retentit. Le prisonnier se retourna et vit le corps de Carine étendu dans une mare de sang, la tête réduite en bouillie. Éric regardait tout autour, tétanisé, en brandissant le pistolet confisqué nerveusement, avec des gestes saccadés.

Jack en profita pour se ruer sur lui à nouveau. Malgré ses mains liées, il parvint à agripper celles de son adversaire et à les mordre si fort qu'il échappa le pistolet après avoir tiré un coup dans le vide. Éric projeta son otage sur le sol. Jack parvint à ne pas lâcher prise. Il enchaîna des coups de crâne sur le visage de son adversaire jusqu'à ce qu'il ne reste à Éric que la relique difforme d'un nez. Il rejoignit sa femme dans une mare rouge.

Triomphant, Jack se releva, le crâne et le visage dégoulinants. D'un pas mal assuré, il récupéra un canif et l'ouvrit en pinçant la lame entre ses dents. Il s'esquinta à couper ses liens pendant qu'Éric gémissait encore en se prenant le visage. Jack reprit son pistolet et s'approcha.

— Ne tire pas ! le supplia Éric.

— Je t'ai fait confiance, commença Jack en crachant par terre.

— Ne tire pas !

— Et tu as trahi ma confiance en plus de gaspiller une balle.

— Ne tire pas ! S'il te plaît, Jack. T'es un bon gars. On peut sûrement s'entendre. Ne tire pas ! On s'entendait bien plus tôt, pas vrai ?

Jack dévisagea longuement Éric et rangea son pistolet dans sa gaine.

— On peut sûrement s'entendre, répéta Jack.

— Merci ! Oh, merci !

Jack s'approcha lentement d'Éric en titubant. Il tendit sa main gauche pour l'aider à se relever, et de sa main droite lui enfonça son canif dans la gorge. À son oreille, Jack chuchota cruellement :

— Pas la peine de tirer.

Il laissa tomber le corps d'Éric qui tenait entre ses mains son cou saignant à gros bouillon. La lame avait atteint une artère importante. Dans une minute, ce serait fini. Jack ramassa son sabre, son deuxième couteau et son sac. En essuyant la lame dans les vêtements de Carine, il s'était surpris à arborer un sourire, mais réprima tout de suite l'émotion. Que venait-il de se produire ? Venait-il réellement de trouver plaisir à tuer un homme ? Il frotta son visage avec la manche de son parka et regarda aux alentours. Cinquante mètres plus loin, Manjula était embusquée sur un toit avec son fusil. Il n'en croyait pas ses yeux. Il se sentait déjà redevable de la fois où Manjula l'avait sauvé le jour de la disparition de Frank. À présent, c'était la deuxième fois qu'elle le tirait d'un mauvais pas.

— Jack, cet homme n'était plus un danger, dit-elle lorsqu'elle le rejoignit. Ce n'était plus une situation d'auto-défense. Tu étais clairement en position de force. Est-ce que tu saisis la différence ? Il y a si peu de temps, cet homme aurait eu droit à un procès.

— Qu'est-ce que tu fais ici ? s'exclama-t-il.

— Jack, as-tu compris ce que je viens de te dire ?

— Manjula, je ne sais pas si j'ai pris la bonne décision en tuant cet homme. Bien sûr, il n'était plus dangereux. Il se rendait. Il me suppliait même. Mais d'un autre côté, il aurait pu user du même stratagème contre une autre victime, il aurait pu jouer la comédie…

— ...ou bien, il aurait pu avoir appris sa leçon et trouvé un autre moyen de survivre ! Je ne veux pas te faire la morale, désolé si c'est l'impression que je donne. Je ne sais pas quel était le meilleur geste à poser. Je me demande seulement s'il y aurait eu moyen d'éviter un autre bain de sang. Il n'y a aucune gloire à prendre la vie de quelqu'un. Aucune. Il reste si peu de gens. Il doit forcément y avoir une façon de s'entendre avec eux et de mieux gérer les situations de conflit pour entretenir la paix.

Jack acquiesça et redemanda à Manjula ce qu'elle faisait là :

— Tu ne croyais quand même pas qu'on allait te laisser partir seul ? répondit-elle en ramassant l'arme de Carine, vérifiant la chambre avant de la jeter à terre. Pfft, pas chargée. Je ne suis même pas convaincue que ce truc fonctionne. Alors ? Tu veux toujours faire ça seul ou bien je peux t'accompagner ?

— As-tu vraiment besoin de demander ? fit Jack en échappant un sourire. Bien sûr que tu peux venir.

— En tout cas, tu n'es pas comme avant.

— Qu'est-ce que tu veux dire ?

— Le garçon que j'ai trouvé dans la rue en décembre dernier ne se serait pas débattu comme ça.

En moins d'une demi-heure, ils se tenaient là où Jack avait grandi, loin d'Éric et Carine. La maison de brique rouge avec ses grandes fenêtres bordées de blanc semblait identique à celle des souvenirs de Jack, hormis la porte défoncée.

Des voleurs avaient pris tout ce qui pouvait être mangé. Ils n'avaient cependant pas touché au mobilier ni aux photos. Jack fit le tour, en observant longuement chaque pièce, se disant que ce serait la dernière fois. Sa chambre était telle qu'il l'avait laissée avant de partir pour l'université. Les mêmes affiches des groupes de musiques rock et folk qu'il aimait. Les mêmes mangas du magazine *Shōnen Jump* et les bandes dessinées américaines de la série *The Walking Dead* dans la bibliothèque, mis à part quelques tomes que Frank ne lui avait jamais rendus.

Il rassembla quelques photos de famille, prit des disques de musique de sa collection et des crayons. Au moment où il venait de retirer ses vêtements lourds de sueur et maculés de sang, Manjula l'aperçut depuis le couloir par l'embrasure de la porte.

— N'entre pas, dit Jack. J'en ai pour un instant.

— Jack ? Ta jambe, qu'est-ce que tu t'es fait ?

La porte se referma d'un coup vif.

— Pourquoi ne m'en as-tu pas parlé ? Explique-moi, exigea Manjula d'une voix posée, teintée d'une intonation légèrement perturbée. C'est très sérieux…

— Je n'ai pas envie d'en parler !

— Jack...

— Merde ! T'es ma mère ou quoi ? J'ai 24 ans. Je peux très bien m'occuper de moi sans ton aide.

Elle se tenait tout près de la porte. Elle entendait les souffles énervés de l'autre côté.

— S'il te plaît, je n'ai pas envie d'en parler, répéta Jack en revêtant un pantalon propre pour dissimuler les lésions cutanées et les cicatrices sur le côté de sa jambe.

— Je suis désolée… Je ne veux surtout pas te culpabiliser. Parle-moi ! Dis-moi ce qui se passe dans ta tête. Je m'inquiète. D'abord, tu bafouilles des phrases incompréhensibles dans ton sommeil depuis quelque temps. Ensuite, tu te mutiles ? On peut discuter de n'importe quoi si tu veux.

— J'en voulais à Jose, avoua Jack en serrant les dents au bout d'un bref instant de réflexion et en levant les yeux au ciel. Maintenant, je comprends pourquoi il a tué Mathieu, le gars qui nous suivait le jour où on est allés chercher l'équipement d'escalade. Ça aurait pu être un type comme Éric. J'essaye de rester positif. Crois-moi, j'essaye de garder la tête à la surface, mais il y a des jours où la vie m'entraîne vers le fond.

— Ne dis pas ça. Ce n'est pas toi. Ce n'est pas ton genre de dire ça. Il reste encore de bonnes personnes…

— Non, Manjula. Les gens sont fous ! Ils sont tous fous. J'ai tué un homme aujourd'hui, pour la première fois. De mes propres mains, pas dans un incendie de ruche. C'est différent. Et si je vis assez longtemps, je devrai le refaire.

Manjula demeura silencieuse en redescendant au rez-de-chaussée, balayant la cuisine du regard ; puis elle demanda d'une voix douce, comme pour alléger l'atmosphère de plomb :

— Ça fait quoi d'être chez soi ?

— C'est pas chez moi, rétorqua Jack. Ça a cessé de l'être depuis des mois. À présent, ce n'est qu'une enveloppe vide.

— Pourquoi tu voulais revenir ici ?

— Je… Je ne sais pas. J'imagine qu'une partie de moi espérait retrouver ma famille ici. Pourtant, je savais bien que je n'allais trouver personne. Mais j'ai grandi ici. Et ce pourrait être la dernière fois que je vois la maison. Un sentiment assez particulier m'habite. Je me souviens encore de l'époque de mes 17 ans. Frank est venu habiter ici lorsque ses parents sont morts dans un accident de voiture. Ils étaient à bord tous les trois. À partir de ce moment-là, il n'a plus jamais supporté l'idée de rester enfermé dans un endroit restreint.

— Tu penses encore beaucoup à lui ?

— Évidemment.

— Je comprends comment tu te sens, et je sais l'importance que tu accordes à ce dernier tour ici, où tu as grandi, commenta Manjula en pesant ses mots. Ma mère me disait qu'on a tous des projets à mener pour avoir l'esprit tranquille. Combien de fois suis-je retournée au métro pour voir si ma sœur n'avait pas survécu ? On cherche à boucler la boucle pour en avoir le cœur net. Elle disait qu'il valait mieux fermer certaines portes avant d'en ouvrir d'autres. Écoute, toi et moi, on forme une équipe. On va passer au travers. On va s'en sortir.

16

EXTRAIT N° 4 DU JOURNAL DE JACK

Qu'est-ce que j'ai là sur les épaules ?
Qu'est-ce qui m'fait changer de rôle ?
J'viens d'sauter dix pieds dans les airs
J'vais m'trouver comme un fou sur terre
Comme un fou, tout est si clair
Dites-moi donc quoi faire
J'suis tombé par terre

Harmonium, *Comme un fou*

8 mars

L'APRÈS-MIDI TIRAIT À SA FIN *lorsque Manjula et moi avons quitté la Rive-Sud pour rejoindre le pont Victoria, longer la rive et reprendre l'autoroute 15. Il n'y avait pas un chat sur le chemin du retour. Sur le pont, je me suis arrêté pour contempler le coucher de soleil derrière la ville. Je repensais à Éric. J'aurais dû le pousser quand il faisant semblant de sauter du pont. À postériori, c'est toujours plus facile de savoir ce qu'on aurait dû faire. Sur le coup, dans le feu de l'action, ce l'est bien moins. Comment aurais-je pu savoir ? Je ne peux plus faire confiance aux gens.*

La nuit était tombée lorsqu'on revint à l'Université de Montréal. À quelques pas de l'entrée du Département de sciences biologiques, j'aperçus des éclats de verre sur le sol. La porte était démolie. Un piège à acide nitrique avait été activé. Manjula s'empara de son fusil. Elle sortit sa lampe de poche, qui clignota avant de s'allumer. Un silence sépulcral régnait dans le couloir, comme si tout l'édifice avait été abandonné, comme s'il n'y avait plus de vie. Je lui emboîtai le pas avec ma lampe frontale.

J'ouvris la bouche, pensant crier « il y a quelqu'un ? » Manjula me fusilla d'un coup d'œil en s'efforçant de demeurer placide. Elle attira mon attention sur un corps contorsionné aux vêtements marqués par les brûlures d'acide. Il respirait péniblement. Elle avança dans le couloir. On s'occuperait du type plus tard. Je la savais inquiète, même si elle n'en laissait rien paraître, vérifiant chaque pièce à la recherche d'un indice. C'était trop silencieux. J'abhorrais l'impression. Ça ne présageait rien de bon. Manjula semblait plus qu'inquiète. On monta à l'étage de la cafétéria, des chambres et du laboratoire. Toujours pas de bruit.

En entrant dans le réfectoire, je vis les corps de Jose, de Lauren et de Wallace étendus dans des auréoles de sang. Le garde-manger était presque vide. Manjula paniquait. Ça ne pouvait pas être vrai. Qui aurait pu ? Personne ne savait qu'on était là. « Où est Nina ? » s'écria Manjula d'une voix chevrotante. L'avaient-ils emportée avec eux ?

— Nina ?

On l'appelait. Son nom résonnait dans l'édifice. Elle ne répondait pas. Elle n'était pas là. Tout ça était arrivé après que je les eus quittés. Juste pour voir mon foyer une dernière fois. Il fallait que ça arrive la journée où Manjula et moi n'étions pas là. J'ignore qui a fait le coup. Ces meurtriers devaient savoir que mon amie était la plus redoutable du groupe, avec son fusil. Ils avaient sauté sur l'occasion pour frapper en son absence. Qu'est-ce que je pouvais faire ? Manjula, accroupie à côté des trois ombres, pleurait en silence.

J'ai arraché le sabre de son fourreau et j'ai foncé dans le couloir comme une flèche, défonçant chaque porte à grands coups de pied. Peut-être les assassins étaient-ils encore dans l'édifice. Ils avaient forcément laissé des traces, des indices. Il *suffisait d'ouvrir l'œil. Mais par où commencer ? Vlan ! Les coups de pied s'enchaînaient dans un élan de rage irrationnel. Mes jambes brûlaient à chaque impact, mais je devais continuer. Je suais à grosses gouttes. Hors de question que je me calme tant qu'il resterait des portes à fracasser.*

Je criais à pleins poumons jusqu'à m'écorcher la gorge. Si Nina me voyait ainsi, que penserait-elle de moi ? Elle aurait peur. Je m'en foutais ! Il fallait retrouver sa trace. Je ne pouvais pas croire qu'ils l'avaient amenée avec eux. Je devrais parcourir la faculté en entier, l'université au complet et les environs, si nécessaire !

Du bruit dans un placard. Je m'en approchai sur la pointe des pieds. « Nina, n'aie pas peur, c'est moi, c'est Jack. » Mais lorsque j'ouvris la porte, Sydney s'échappa en couinant. Saleté de rat.

Manjula me retrouva recroquevillé dans un bureau, fiévreux. Tout mon corps était brûlant. Combien de temps s'était écoulé depuis ma fureur incontrôlable ? Rien ne pouvait changer la destinée de nos compagnons. Jose mort. Lauren morte. Wallace mort. Nina disparue. Maddie morte. Chad mort. Frank disparu. Étais-je le prochain à subir un sort semblable ? Était-ce cela, le destin qui m'attendait ?

Eh bien, qu'il arrive ce foutu destin !

Quant à Frank, que je n'avais pas su retrouver, l'incertitude de sa mort me pesait énormément. Je m'étais créé des attentes. J'étais si certain de le retrouver, si convaincu ! Je nourrissais un espoir qui me rongeait.

Il fallait que j'apprivoise l'idée de ne plus le revoir. Que je me rende à l'évidence. Pour que ça me sorte de l'esprit. Les gens meurent. Et ils ne reviennent pas. Manjula avait raison. Il fallait boucler la boucle. J'avais besoin d'oublier Frank. Et les autres. J'avais besoin d'oublier.

Je la dévisageais. Ses yeux étaient rouges comme les miens. Je la pris dans mes bras. Elle aussi, elle me serra. Je respirais dans son cou et je sentais son souffle irrégulier. Elle tremblait.

Et si Éric avait raison ? Et si la vie n'était qu'un tissu de mensonges qu'on brode en s'inventant des raisons de vivre une autre journée, et une autre, et une autre ? Pour oublier que les gens meurent ? Que le monde est injuste ? Que je reste ou que je parte, la Terre n'arrêtera pas de tourner.

Il ne restait que Manjula et moi. Pourquoi ne pas en finir ce soir ? Après tout, j'avais deux balles dans mon pistolet. À ma ceinture. En ce moment. Comme elles seraient douces et apaisantes entre mon lobe frontal et mon cervelet... Je voyais déjà les filaments de sang voler comme dans un film de Quentin Tarantino et finir sur les murs tels un tableau de Jackson Pollock.

En cet instant, vivre m'apparaissait une tâche d'une pesanteur indicible. Mourir semblait soudain si facile. C'était tout près. À deux doigts. Et si Manjula ne voulait pas se trucider, je pouvais m'en charger. La délivrer. Bien sûr ! La délivrer de ce monde, du froid, de la faim et de la peur. On a bien tué les prisonniers de la ruche. On a tué Mathieu. On a également tué Éric et Carine. Tuer ! Tuer ! On a toujours été bons pour tuer. Toujours eu raison de tuer. C'est peut-être pourquoi nous méritons de mourir. J'allais rendre service à Manjula. Même si elle ne le savait pas. Même si elle n'était pas d'accord.

Ma main frôla l'arme à feu qui ne demandait pas mieux, endormie dans son étui en cuir accroché à ma ceinture. L'arme à feu résumait bien l'étape où nous en étions. Nos instincts sanguinaires. Nous vivions l'aboutissement de milliers d'années de vie en société, toujours à s'entretuer pour montrer qui a raison et pour avoir le dernier mot. Les mois passés défilaient devant mes yeux. Je contemplais la personne que j'étais devenue. Que s'était-il passé pour que j'en arrive là ? Dans cet univers hostile où la moindre erreur pouvait coûter la vie, comment rester humain ? Je me le demandais.

Non, ce n'était pas la bonne question. Plutôt, pouvait-on demeurer humain ? Non, je ne le croyais pas. Du moins, je ne le croyais plus. C'en était assez.

L'arme à feu… Elle ne demandait qu'à cracher ses flammes, à servir son dessein, ce pourquoi elle avait été conçue, à creuser des tunnels crâniens. Je n'étais pas fou. Je n'avais pas perdu la tête. J'avais les idées claires. Oui, tout était clair désormais. Limpide. J'aurais dû le faire depuis longtemps. Pourquoi n'y avais-je pas songé avant ? Je souriais en serrant Manjula dans mes bras comme la première fois lorsqu'elle m'avait donné le sabre de Maddie. « Ça ira. Ça ira. » Et je regrettais de ne pas sentir la chaleur de son corps à travers nos vêtements épais. Son corps doux et chaud que j'aurais aimé sentir contre le mien. C'était à ça que je pensais avant de mourir. Le corps de Manjula contre le mien.

Mais au fond, ça n'avait pas d'importance, car il était temps d'en finir. De l'autre côté, tout irait bien. Ce serait un court voyage. De toute manière, ça ne pouvait pas être pire qu'ici. « Arrête de pleurer, Manjula. Tout est fini. Tout est fini. » J'ai défait la ganse de l'étui du pistolet 9 mm. J'ai senti le métal froid entre mes doigts et j'ai reculé d'un pas pour me détacher de Manjula. Elle me regardait sans comprendre, d'un air triste. J'ai levé la main. Elle a cliqué. Ça se lisait dans ses yeux. Elle avait peur. Mais à l'instant même, au paroxysme du désespoir, au moment d'appuyer sur la détente, j'entendis une petite voix de fille, la voix d'un ange.

— Maman, je peux sortir maintenant ?

17

L'héritier

Bad day, looking for a way home,
looking for the great escape
Gets in his car and drives away,
far from all the things that we are.
Patrick Watson, *The Great Escape*

Nina mit des heures à s'endormir dans les bras de Manjula, à bout de forces. On aurait dit une petite fleur fragile lovée au creux de bras bienveillants. Jack n'avait pas su prononcer un seul mot. Il s'était isolé dans un coin de la pièce et se rongeait les sangs.

— Ça va ? murmura-t-il au bout d'un moment.

Manjula haussa les épaules sans lever la tête.

— Et elle ? ajouta-t-il.

— Elle dort.

— Hum… À propos de tout à l'heure, je ne sais pas ce qui m'a pris. J'ai perdu le contrôle. Ce n'était pas moi. Tu dois me croire…

— Tu aurais appuyé ? Je veux dire, tu m'aurais… ?

Jack demeura silencieux, paralysé. Elle avait de la difficulté à prononcer le mot fatidique. Elle s'exprimait d'un ton désabusé et froid.

— Jack, réponds-moi, insista Manjula. L'aurais-tu fait ? Après tout ce que j'ai fait pour toi ? La peine que je me suis donnée à chercher Frank alors que tu étais encore trop faible pour tenir debout ? Et aujourd'hui, qu'est-ce que t'aurais fait sans moi ? Je ne vaux rien pour toi, c'est ça… Tu allais appuyer, avoue…

— Je ne sais pas. Je pensais ensuite à me... Je ne sais plus.

Manjula dévisagea longuement Jack, comme si la vérité se cachait dans les traits de son maigre visage et dans ses yeux rouges. Dégoûtée, elle ricana furtivement en expirant des poumons l'air inspiré.

— Dire que je pensais qu'on partageait des sentiments. J'ai été assez stupide pour le croire.

— Je m'en veux, Manjula. Toi et Nina, vous êtes tout ce qu'il me reste. Tu veux que je sois honnête, alors je le suis. Je ne sais pas si je l'aurais fait, je ne sais pas ce qui m'a pris.

— Il te reste ta famille.

— Rien n'est moins sûr. Main Duck, c'est un pari risqué, je dois l'admettre. Peut-être ne suis-je pas une aussi bonne personne que tu l'espérais, ou que je croyais être, mais j'ai besoin de toi. De Nina et toi. Tu le sais, ça, pas vrai ?

— Et comment je pourrais savoir qu'un incident comme le drame que nous venons d'éviter ne se produira pas un jour ? Comment saurais-je avec certitude que tu me dis la vérité et que ce n'est pas qu'une façade ?

— Manjula, tu me connais…

— Visiblement pas aussi bien que je le pensais. Laisse-moi. J'ai besoin de réfléchir. Va te reposer. On en discutera demain.

∾

Étant incapable de dormir dans la cafétéria, j'avais passé la nuit dans le laboratoire de Wallace, tandis que Nina et Manjula s'étaient casées dans un autre bureau. Le lendemain matin, j'ai essayé d'allumer une des lampes connectées au groupe de piles, mais elles ne fonctionnaient plus. J'ai plutôt arraché une des planches de bois imbibées d'humidité qui recouvraient la fenêtre. Les derniers travaux du docteur étaient étalés sur la table de travail, mi-dactylographiés, mi-manuscrits. La portion lisible allait comme suit :

« Les échantillons de fongus symbiotique cultivés par la nouvelle espèce ont cessé de produire de la chaleur. Si mes hypothèses s'avèrent exactes, le mycète devrait commencer à sécréter le nectar, disons l'hémonectar, à tout moment, à condition bien sûr qu'un apport régulier en sang permette la transformation par le phénomène du vampirisme fongique. »

J'ai observé l'assortiment d'aiguilles, de seringues et de flacons adjacents au manuscrit. Wallace était fin prêt à enquêter sur les propriétés du nectar. Il utilisait même son propre sang dans l'expérience, comme il l'avait fait quelques mois plus tôt avec les guêpes de ses terrariums, mortes depuis longtemps. Je regrettais de ne pas avoir connu davantage cet homme.

Sur la table limitrophe, quelques champignons bleu et vert avaient été disposés de façon à y accéder facilement lors des transfusions sanguines. Un des organismes présentait une galle sous le chapeau. J'ai récolté près de 100 ml dans une des fioles : une substance rosée presque translucide, à l'odeur suave, un peu plus dense que l'eau. Je l'ai approchée de mon visage pour la flairer avant d'y tremper les lèvres. Je m'attendais à un goût carné en raison de l'ingrédient unique. L'élixir était plutôt mielleux et sucré. Si bien que j'avalai le contenu intégral de la petite fiole. Franchement, ce truc me donnait envie d'en boire davantage. La source était asséchée pour aujourd'hui. Peut-être ce soir, ou demain…

Je me suis résolu à retrouver Manjula dans l'autre bureau. Une lettre écrite à la plume reposait sur le fauteuil, devant le foyer, dans la grande cafétéria où croupissaient les corps de nos amis, recouverts de draps blancs. Manjula avait dû la rédiger avant d'aller dormir. J'ai ramassé le morceau de papier et j'ai lu le message attentivement. Nombre de fois. Impossible d'y croire. J'étais hors de moi. Un peu plus après chaque lecture. Je refusais d'admettre les faits.

J'ignore d'ailleurs combien de temps a pu s'écouler avant que je plie en quatre la missive pour la ranger dans la poche arrière de mon jean et que j'essuie mes joues du revers d'une manche de mon chandail. Le bureau était vide. Tout le département l'était. Il ne restait que moi.

Je suis retourné à ma chambre et j'ai ramassé mon sac à dos, mon sabre, mon pistolet, et autant d'eau et de nourriture que j'ai pu prendre. Bref, tout ce qui pourrait servir, car il n'y avait plus de bonne raison pour rester ici plus longtemps. J'ai revêtu le parka. Je suis également repassé par le laboratoire et j'ai enfoui dans un sac le champignon qui avait formé une galle d'élixir, quelques seringues pour les prises de sang, des flacons et les notes de Wallace. Le vieux avait commencé à rédiger un ensemble de conseils pour survivre sur Main Duck Island. C'était bien son genre de tout prévoir, de tout calculer.

J'ai retrouvé le corps de l'homme qui avait déclenché le piège à acide nitrique. Je l'ai retourné sur son dos. Il respirait encore. Joie. Je me suis assis sur lui. J'ai placé mes mains autour de son cou. Je sentais son pouls sur mes doigts et j'ai savouré chaque seconde du lent processus au bout duquel j'extirpais la vie de cette loque humaine.

Dehors, les cadavres flottaient parmi les feuilles de l'automne dernier. L'odeur était immonde. J'ai été malade. Deux fois. Si j'étais passé à côté de quelqu'un que je connaissais avant, il m'aurait été impossible de le reconnaître tant la chair putréfiée s'était détériorée. Les rues étaient devenues des cimetières, des tombes anonymes à ciel ouvert. La ville, une immense sépulture. Une nécropole : voilà ce que c'était dorénavant.

J'ai marché toute la journée vers l'ouest, dans ces corridors funestes, entre ces squelettes d'appartement, les derniers ossements de Montréal. À la tombée de la nuit, je me suis arrêté

entre Beaconsfield et Kirkland. J'ai trouvé une maison avec
une cheminée. Avec les chaises de la salle à manger et de vieux
journaux, j'ai allumé un feu dans l'âtre. Je me foutais que l'on
me trouve à cause de la fumée. Je me suis enveloppé dans un
duvet en utilisant mon sac comme oreiller. Je n'avais pas faim.
Si ça se trouve, Wallace avait dit vrai en spéculant sur les
propriétés nutritives du nectar. Déjà, il me tardait de prendre
ma deuxième dose...

J'ai ressorti la lettre pliée dans la poche de mon jean pour la
brûler après y avoir consacré une dernière lecture.

Jack,

Quand tu liras cette lettre, Nina et moi serons déjà
loin d'ici, que cela te plaise ou non. J'espère que tu me
croiras en apprenant que cette décision n'a pas été facile
à prendre. Les décisions que l'on prend font et feront la
différence entre la vie et la mort. Et avec l'épisode d'hier,
je n'ai pas voulu prendre de risque. J'ai même longuement
hésité avant de t'écrire. J'ai écrit une lettre, je l'ai déchirée,
puis finalement je l'ai réécrite.

Tu es devenu plus fort que tu l'étais avant que l'on te
retrouve presque mort dans une rue l'hiver dernier. Tu sais
comment survivre, comment trouver ce dont tu as besoin.
Tu es un jeune homme plein de ressources et je crois en
toi. J'espère que tu sauras mettre ton talent au profit de tes
ambitions futures, et surtout pour éviter les ennuis. J'espère
qu'hier n'était qu'un aléa isolé. N'oublie pas que tu ne dois
faire confiance à personne avant de bien le connaître et de
l'avoir observé dans nombre de situations. Et encore... Les
gens essaieront de profiter de toi, de te berner, de t'utiliser.
Mais tu as un objectif. Souviens-t'en. Tout n'est pas perdu.
Il y a une chance, aussi incertaine soit-elle, que Main
Duck Island soit le havre que tu cherches. Pour survivre.
Pour recommencer à vivre et, qui sait, y rebâtir quelque

chose de bien. Ce n'est pas la fin. C'est un nouveau début. J'espère sincèrement que tu y trouveras les gens qui te sont chers. C'est ton devoir maintenant. Ne pas perdre espoir. Porter la flamme. Et marcher.

Je ne crois pas que nous nous reverrons. Porte-toi bien, cher ami ; surtout prends soin de toi. Et oublie-moi.

Manjula

Quelques gondolements du papier laissaient deviner que Manjula pleurait en écrivant. Qu'était-il advenu de cette pathétique promesse : « Toi et moi, on forme une équipe. On va passer au travers » ? En proie à la rancœur, j'ai jeté la missive froissée dans les flammes et j'ai regardé ses fibres se consumer jusqu'à devenir cendres. Les souvenirs épistolaires sont les plus lourds qui soient. Mieux vaut s'en débarrasser aussitôt que possible. En glissant ma main dans la poche de ma veste, j'en sortis une photo instantanée prise avec le polaroïd de Nina. Une épreuve lustrée de Manjula aux cheveux détachés. Je l'ai considérée longuement avant d'abandonner d'un geste désinvolte sa beauté au brasier. J'étais seul désormais. Voyageur itinérant. Cherchant asile pour dormir à l'abri des insectes durant le jour. Voyageur nocturne. Nomade solitaire. Ermite abandonné, laissé–pour–compte avec le goût amer d'une solitude dévorante.

La lettre de Manjula eut l'effet d'un poignard dans ma poitrine. Elle n'avait pas tort. Je l'avais mise en danger. Maintenant, je devais vivre avec mon erreur comme une cicatrice au cœur. Mais sans laisser ce souvenir me définir. Car je n'étais pas un assassin. J'étais un survivant. Je savais ce que je devais faire.

Rejoindre la 401, l'autoroute Macdonald-Cartier en Ontario, via L'Île-Perrot. Longer le fleuve en passant par Cornwall, Prescott, Brockville et Gananoque jusqu'à Kingston. Au large de la ville, au cœur du lac Ontario, je trouverai enfin mon île comme on trouve une oasis au milieu d'un désert. Mon sanctuaire.

J'emportais, dans un sac de sport banal, ma chance de survivre. Une chance pour me remettre sur pied. L'héritage de Wallace : mes précieux échantillons de mycète qui convertissent le sang humain en nectar. En « hémonectar ». D'ailleurs, j'ai pris ma deuxième dose en écrivant ces quelques lignes. Et je me sens bien ! Je n'ai pas besoin de Manjula. Je n'ai besoin de personne ! Qu'avait dit Wallace au sujet des effets secondaires ? Enfin, quelle importance ! Avec tout le sang que la souche a absorbé depuis que nous l'avons recueillie et, à en croire le manuscrit de Wallace, elle devrait produire à profusion pendant quelques semaines. Par conséquent, l'élixir devrait me permettre de marcher sans me soucier de la nourriture. Plus jamais je n'aurai faim. Tant et aussi longtemps que je pourrai trouver du sang.

POSTFACE

18

LE REVENANT

Little darling, it's been a long cold lonely winter
Little darling, it feels like years since it's been here
Here comes the sun
Here comes the sun, and I say
It's all right
The Beatles, *Here Comes the Sun*

Quatre mois plus tôt, en décembre.

UNE ODEUR DE DIESEL et d'huile à moteur hantait le hangar. Une froidure s'immisçait par la porte qui avait été étanche à une autre époque. Un homme apathique reprenait connaissance. Il était emmailloté au chaud dans un sac de couchage. Deux silhouettes discutaient, assises sur deux motoneiges. Une autre guettait par la fenêtre du garage avec un arc à poulie et un carquois à la ceinture. L'homme glissa la main dans les replis du tissu et y trouva un petit sachet qui répandait une chaleur confortable.

— Réaction exothermique par oxydation d'oxalate de fer, fit la voix d'une des trois femmes.

— Pardon ? demanda l'homme à la voix rauque.

— C'est ce qu'il y a dans les sachets qui te tiennent au chaud. Content de voir que tu t'es réveillé. T'en as mis, du temps.

La pénombre rendait les traits difficiles à voir.

— Quelques heures de plus au froid et j'ignore si on aurait pu te sauver, poursuivit-elle en fouillant dans sa besace. As-tu faim ? Ce n'est pas grand-chose. On a un peu d'eau, de la soupe en conserve et de la viande salée. C'est du cerf qu'il nous reste. J'aurais cru qu'ils se seraient éteints lors de l'infestation, mais la faune animale à l'exception des humains semble se porter relativement bien, en dehors des centres urbains. Les animaux qui possèdent une source alimentaire alternative que l'humain ne peut consommer, tout ce qui contient une certaine quantité de cellulose, s'en tirent plutôt bien. Quant à toi, encore un peu de repos et ensuite on retourne sur la Rive-Nord. Je n'aime pas rester en ville plus longtemps qu'il le faut.

— Rive-Nord ?

— On a un campement là-bas. Tu vas voir, on est toute une équipe et quelqu'un pourra s'occuper de soigner tes blessures.

Puis elle se tourna vers les deux autres filles et augmenta l'intensité de la lampe à l'huile.

— C'est l'heure des présentations officielles. Voici Zenab, notre archère. Fumiko, responsable en orientation, terrain et cartographie. Et mon nom est Hana, de l'équipe d'entretien mécanique des véhicules et des groupes électrogènes. Et toi, quelle est ton histoire ?

— J'ai… un trou de mémoire.

— Tu as vraiment dû recevoir une sacrée raclée sur la tête. Le froid et l'hypothermie : c'est vrai que tu as failli y rester. Tu ne te souviens de rien ?

— Non.

— Bon… dit-elle avec une teinte de déception dans sa voix. Ce qui importe, c'est que tu es en sécurité à présent. Tiens, j'ai trouvé ton permis de conduire dans ta poche avec ton portefeuille. J'ignore pourquoi tu avais également ton téléphone cellulaire dans les poches. Évidemment, les piles sont à plat. Mais, dis-moi, c'est bien toi sur la photo du permis ; ce nom te dit quelque chose ?

— Non plus.

— Je n'y crois pas. J'ai parcouru tout ce chemin depuis la Rive-Nord et la seule personne sur qui je tombe n'est pas capable de me dire ce qui s'est passé dans la communauté souterraine. J'espérais rencontrer des gens du métro... Ne me regarde pas comme ça ! Tu dois au moins savoir quelque chose ? En quelle année on est, ou plutôt, ce qui s'est passé ces derniers mois... L'infestation ! Tu dois au moins te souvenir de ça, non ? Ou bien, est-ce que tout ce que je dis depuis tout à l'heure sonne comme du charabia pour toi ?

L'homme prit la pièce d'identité et fixa son reflet dans le miroir au fond de la pièce. Hana inspira profondément et ajouta :

— On va trouver un moyen de régler ça. Il y a toujours une solution.

Le visage de la carte concordait. Le nom ne sonnait pas familier. Il le lut à répétition : Frank. Il essaya de se redresser sur le matelas. En vain. Il grimaça. Une douleur commençait à envahir son dos à la hauteur des reins.

— Excuse-moi, Hana. C'est bien ça ton nom ? demanda-t-il.

— Quoi ?

— Je ne sens pas mes jambes.